ESSAIS POÉTIQUES

DRAMES

ET POÉSIES FUGITIVES

PAR

M. ALI VIAL DE SARLIGNY

PARIS

LIBRAIRIE DE L. HACHETTE ET Cᵉ

BOULEVARD SAINT-GERMAIN, 77

—

1864

ESSAIS POÉTIQUES

DRAMES ET POÉSIES FUGITIVES

TABLE.

Paris. — Typographie HENNUYER ET FILS, rue du Boulevard, 7.

ESSAIS POÉTIQUES

DRAMES

ET POÉSIES FUGITIVES

PAR

M. ALI VIAL DE SABLIGNY

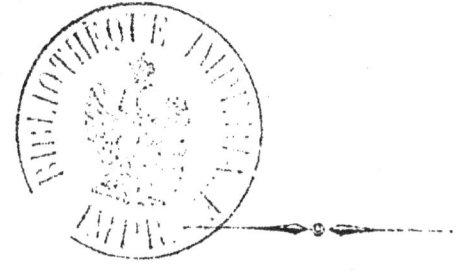

PARIS

LIBRAIRIE DE L. HACHETTE ET Cie

BOULEVARD SAINT-GERMAIN, 77.

1864

A

M. VICTOR HUGO

LE PLUS HUMBLE DE SES ADMIRATEURS.

Hauteville House —
14 mars

D'un poëte, Monsieur,
[...] pardon,
je l'ai lu avec un véritable
intérêt. Vous avez le
sentiment toujours juste
et l'expression [...] heureuse.
Ce qui vous manque,
s'acquiert. Courage.

Recevez l'assurance de
toutes mes sympathies.

Victor Hugo

PRÉFACE.

—

S'il est un moment où un jeune homme se trouve en butte à de cruelles perplexités, c'est, assurément, lorsqu'il livre son premier ouvrage à un public dont l'opinion est tout son avenir. Il tremble d'autant plus, qu'il est seul, qu'aucun bras puissant n'est là pour le retenir dans sa chute. Tant d'écrivains distingués n'ont pas la réputation que mérite leur talent! Que doit donc demander un poëte à la fleur de l'âge, au début d'une carrière longue et remplie d'écueils, contre lesquels se sont brisées tant d'illusions, ces papillons dorés de la jeunesse? L'indulgence, n'est-ce pas? Eh bien! je la réclame avec toute l'humilité de mes vingt ans.

Les sujets de mes drames, celui de la *Saint-Barthélemy*, dont *Maurevert*, *Messe*, *Mort ou Bastille* sont des épisodes où l'invention ajoute quelquefois de l'intérêt à l'histoire, ont été traités de mille et une façons. On y revient toujours, et c'est très-naturel. C'est dans ce massacre, horrible pendant des Vêpres siciliennes, que se trouvent des scènes éminemment dramatiques. Jean Goujon, notre immortel sculpteur, mortellement atteint pendant qu'il s'occupait des travaux du Louvre, ne voilà-t-il pas une scène émouvante ? L'amiral Gaspard de Coligny recevant avec calme le coup que lui porte l'officier allemand de Besme, n'est-il pas un trait dont on parlera toujours avec admiration ? Enfin, si je voulais citer tous les actes de grandeur d'âme qui se sont passés dans cette affreuse nuit, tant du côté du peuple que parmi les gentilshommes, ce n'est pas quelques lignes, mais un volume tout entier qu'il me faudrait écrire. Ces sommaires réflexions faites, je lève le rideau sur une faible partie de ces actes de carnage.

Je me croirais ingrat si, à la fin de cet avant-propos, je ne consacrais une place aux remercîments que je dois à toutes les personnes qui ont daigné concourir à la représentation de ces divers morceaux, et particulièrement à MM. Edouard et Achille de Lafont. Hommage donc à leur amitié ! honneur à leur talent !

MAUREVERT

ÉPISODE DE LA SAINT-BARTHÉLEMY.

1

PERSONNAGES.

—

MAUREVERT, capitaine des pétardiers de Charles IX.
JEAN D'AURIAC, jeune huguenot.
BATHILDE, fille de Maurevert.
GERVAISE, suivante et nourrice de Bathilde.

MAUREVERT

ÉPISODE DE LA SAINT-BARTHÉLEMY.

La scène représente une chambre au premier étage de la maison de Maurevert. A droite, fenêtre donnant sur le quai ; porte au fond, table, escabeau.

SCÈNE I.

MAUREVERT, assis à la table, GERVAISE, à droite, UN PAGE.

LE PAGE.

Le seigneur Maurevert, s'il vous plaît?

GERVAISE, *désignant Maurevert.*

Le voici.

MAUREVERT.

Que me veut-on?

LE PAGE.

Je viens vous remettre ce pli
De la part de la reine.

MAUREVERT, *vivement.*

Ah ! donnez que je l'ouvre... (Lisant.)
C'est l'ordre de me rendre à la nuit près du Louvre...
(A part.)
Le signal convenu... (Haut, au page.) La reine peut, sur moi
Compter pour cette nuit ; j'y servirai le roi. (Le page sort.)
Quel habile projet enfante Catherine !
Qui l'eût pu concevoir, que cette Florentine
Nous débarrasserait de tous ces huguenots,
Serviteurs inconstants et méchants parpaillots !
Quant à ce Béarnais, l'épreuve sera forte...
Il parlera moins haut, ou le diable m'emporte !

GERVAISE, *cousant, assise.*

Mon Dieu ! qu'avez-vous donc ? pourquoi cet air rêveur ?
Nous faudrait-il encor redouter un malheur ?
Il en arrive tant dans cette bonne ville ;
Qui s'y reconnaîtrait, ma foi, serait habile !
Je vous demande un peu pourquoi ces embarras.
Allez, l'air de la cour ne vous réussit pas.
Laissez faire les gens qui ne vont qu'en carrosses,
Et qui sont tous les jours de fêtes et de noces.
Vous devriez rester auprès de votre enfant ;
Et si vous m'écoutiez...

MAUREVERT, *l'interrompant avec impatience.*

           Mais, malheureusement
Je n'ai pas ce loisir; je veux que l'on se taise,
Et cela, sur-le-champ, entendez-vous, Gervaise?
Ce n'est jamais à vous de me faire la loi.

GERVAISE, *avec humilité.*

Cette tâche serait bien trop lourde pour moi;
Régler vos actions? je n'y dois pas prétendre.

MAUREVERT.

Sur un pareil sujet, c'est trop longtemps s'étendre.
Prévenez mon enfant qu'ici même on l'attend.
Allez! obéissez!

GERVAISE, *sortant.*

        Eh! c'est bon, on s'y rend.

SCÈNE II.

MAUREVERT, seul, puis BATHILDE et GERVAISE.

MAUREVERT, *impatienté.*

La sotte! Peste soit de tout son bavardage!
Je suis tout ahuri de ce sot verbiage;
Elle a failli surprendre un secret de l'État:
Affaire où l'on ne peut être trop délicat.

GERVAISE, *revenant.*

Votre fille descend.

MAUREVERT.

Merci !

BATHILDE, *entrant.*

Bonjour, cher père.

MAUREVERT, *allant à elle.*

Que faisais-tu chez toi ?

BATHILDE, *tristement.*

Le portrait de ma mère,
Qui m'aimait tant, hélas ! et qui, montée aux cieux,
Doit bénir son enfant, du séjour des heureux.
Voilà dix ans bientôt qu'elle me fut ravie !

GERVAISE, *à part.*

Ce fut un grand malheur pour sa fille chérie ;
Sa mère devinait ses chagrins en mourant :
Le bonheur s'éloigna de cette noble enfant ;
Car son père pour elle a bien peu de tendresse !

MAUREVERT, *qui a entendu.*

Pas de réflexions, s'il vous plaît ! Qu'on nous laisse !

(Gervaise sort.)

SCÈNE III.

MAUREVERT, BATHILDE.

MAUREVERT, *mystérieusement.*

Je te vais aujourd'hui révéler un secret...
Un secret important! qui veut qu'on soit discret :
Écoute-moi, Bathilde, il y va de la vie!
Un éminent danger menace la patrie...
Ici renferme-toi durant toute la nuit...
Et si, dans le quartier, se faisait quelque bruit,
Au nom du Dieu puissant n'ouvre pas la fenêtre !
Sur ce balcon, ma fille, il ne faut pas paraître.

BATHILDE, *effrayée.*

Vous m'alarmez, mon père, et je ne comprends pas.
Avec vous je veux fuir, je vais suivre vos pas !
Quelle calamité sur Paris doit-il fondre?

MAUREVERT.

Sur ce point important, je ne puis te répondre...
Une émeute peut-être... On ne saurait prévoir...
Ne te tourmente pas, à bientôt... au revoir !

BATHILDE, *de plus en plus effrayée.*

Comment, vous me laissez! seule ici! sans défense?

MAUREVERT.

Rien ne peut t'arriver que par ton imprudence.

BATHILDE, *suppliante*.

Pourquoi, dans ce péril, vous éloigner de moi?

MAUREVERT.

Je suis attendu...

BATHILDE.

Vous ! et par qui?

MAUREVERT.

Par le roi !

(Triste.)

Il me faut te quitter; mais, que ma lèvre aride
Dépose un seul baiser sur ton front si candide.

(A part.)

Nul ne peut être sûr de s'en voir échappé;
Car un coup d'arquebuse est bien vite attrapé.

(Il l'embrasse.)

BATHILDE, *à part*.

Pourquoi donc ce baiser m'a-t-il tout attristée?
Je me sens tressaillir... mon âme est agitée...

(Maurevert prend son arquebuse et sort.)

SCÈNE IV.

BATHILDE, GERVAISE ensuite.

BATHILDE.

Mon père avec le roi ! que veut dire ceci?
Ce n'est pas par devoir qu'il s'éloigne d'ici ;

Et je crois entrevoir, dans toute cette affaire,
Quelque drame sanglant, quelque sombre mystère!
Que peut-il m'arriver, là, dans notre maison?
C'est un affreux dédale où se perd ma raison.

(Appelant.)

Gervaise?...

GERVAISE, entrant.

　　　　Qu'est-ce donc? je vous trouve tremblante,
Vous semblez toute pâle? Ah! vous êtes souffrante?

BATHILDE.

On dirait que mon sang se glace dans mon cœur...
Malgré moi me poursuit une affreuse terreur.

GERVAISE.

En effet, mon enfant, vous paraissez troublée...
Par quel mal, tout à coup, êtes-vous accablée?

BATHILDE, avec tristesse.

De la fin de mes jours approche le moment...
Je le sens, je le vois : fatal pressentiment!

GERVAISE.

Vous! mais eut-on jamais une frayeur pareille?
Il vous faut du repos, la raison le conseille.
Mourir! quelle folie! il n'y faut pas penser.

BATHILDE.

En vain de mon esprit je voudrais l'effacer...

(Minuit sonne.)

Mon Dieu! déjà minuit; que le temps passe vite!...

1.

GERVAISE.

Eh bien ! à mon avis, il n'a pas ce mérite,
Surtout lorsque je parle à monsieur Maurevert ;
Je ferais, sur ma foi, plus d'effet au désert.
Et tenez, tout à l'heure, à cette même place,
Je lui disais fort bien ce qu'il faudrait qu'il fasse.
Tout n'en irait que mieux, s'il suivait mes leçons !
Mais il n'écoute pas les avis qui sont bons,
Et nous sommes toujours d'un sentiment contraire ;
C'est au plus beau moment qu'il m'enjoint de me taire.

BATHILDE.

Je vous le dis aussi, votre ton lui déplaît.
D'un sujet différent, parlez-moi, s'il vous plaît.
Vous entrâtes ici quand je venais de naître ;
Vous avez des vertus que je sais reconnaître ;
D'une mère, il est vrai, vous m'avez tenu lieu ;
Je vous aime beaucoup, et je demande à Dieu
Qu'il prolonge vos jours, et que longtemps encore
Céans vous demeuriez. Mais un mal vous dévore,
C'est l'amour de parler ; il a par trop d'appas.
De ce qu'on fait ici, Gervaise, il ne faut pas
Vous tourmenter jamais. Le seul maître est mon père ;
Vous n'avez rien à dire, il vit à sa manière,

Il agit à sa guise ; enfin, si ce qu'il fait
Paraît étrange, eh bien ! par respect, on se tait.

GERVAISE, *à part.*

Je n'en pense pas moins que sa vie est très-louche ;
Mais sur ce point jamais je n'ouvrirai la bouche.

BATHILDE, *mécontente.*

Vous ne vous taisez pas ?

GERVAISE.

Si, mon enfant, pardon.
Oh ! tranquillisez-vous ! désormais je...

BATHILDE, *l'interrompant.*

C'est bon !

GERVAISE, *tristement.*

Que vais-je devenir, s'il ne me faut rien dire ?

BATHILDE.

Eh ! mais, je me tais bien !

GERVAISE.

Aussi, je vous admire.

BATHILDE, *écoutant. On entend sonner le tocsin.*

Sonner à ce moment n'est pas habituel...
Et ce funèbre glas passe le naturel...
Que va-t-il se passer ?

GERVAISE.

Quelque chose de grave;
Et, sans vous le cacher, je serais bien plus brave
Si nous avions ici ce jeune et bel archer
Qui s'en vient chaque jour, sans croire vous fâcher,
Avec un air si doux et le regard si tendre,
Roucouler près de vous... Vous aimez à l'entendre,
Au sortir de l'église, arriver à grands pas,
Et nous accompagner en vous parlant tout bas!...

BATHILDE, *sérieuse.*

Vous dites vrai, Gervaise, et je sens en mon âme
Qu'il me serait bien doux de devenir sa femme.
Mais mon père, peut-être, a fait un autre choix!

(On entend un coup d'arquebuse.)

GERVAISE.

Entendez-vous ce bruit? On vient chez nous, je crois?

UNE VOIX, *au dehors.*

Ouvrez, de grâce, ouvrez!

GERVAISE.

Qui vient à pareille heure,
Avec un tel fracas, troubler notre demeure?

BATHILDE.

C'est quelque malheureux, donnons lui du secours...
Allez, allez ouvrir...

GERVAISE.

Puisqu'il le faut, j'y cours.

(Elle sort.)

BATHILDE, *seule.*

J'y pense!... si c'était... non, cela ne peut être...
Ni Gervaise, ni moi, nous n'avons fait connaître
A Jean notre maison!

SCÈNE V.

BATHILDE, JEAN, GERVAISE.

BATHILDE, *voyant entrer, Jean.*

Quoi! c'est vous, mon ami?

JEAN.

Vous, Bathilde, en ces lieux! Merci, mon Dieu, merci!
Égaré, poursuivi, j'allais mourir peut-être,
Quand à mes yeux parut cette seule fenêtre.
Je reconnais, Seigneur, votre puissante main
Qui de cette maison m'a montré le chemin.

BATHILDE, *avec inquiétude.*

Pour vous enfuir ainsi la raison est puissante?

JEAN.

Sans doute, c'est de peur qu'à mes jours on n'attente.

GERVAISE.

Quelque larron a-t-il dérobé votre argent?

JEAN.

Pour un pareil motif j'aurais moins de tourment.
Cette fatale nuit comptera dans l'histoire,
Et se conservera de mémoire en mémoire !

BATHILDE, *effrayée*,

Que se passe-t-il donc ? je n'en sais pas un mot.

JEAN.

Hélas ! ma pauvre enfant, vous le saurez trop tôt !...
... De tous les protestants on ourdissait la perte ;
Dans ces affaires-là, notre reine est experte !
Ne se souvient-on pas du fruit empoisonné
Qu'elle dut aux talents du parfumeur René !
Comme une hyène en fureur, de sang elle s'abreuve ;
Jeanne d'Albret déjà n'en est que trop la preuve !...
... Le rendez-vous était Saint-Germain l'Auxerrois ;
Lorsque le timbre aurait résonné douze fois,
De lâches assassins, d'odieux mercenaires,
Devaient exécuter ces projets sanguinaires !...
... Le massacre commence... Écoutez ces clameurs !...
... Entendez-vous ces cris, ces sanglots et ces pleurs?...
Regardez cette femme au sommeil arrachée,
Qui voit avec horreur que la terre est jonchée

Des corps de ceux qu'elle aime ! Affreux arrêt du sort !
Qu'on ne peut éviter, car partout est la mort !
J'ai vu, sur les fuyards, le roi tirer lui-même...
Il semblait, le cruel ! prendre un plaisir extrême
A voir de ses sujets couler à flots le sang !
... On égorge chacun, sans prendre garde au rang,
... Notre pauvre amiral a succombé lui-même
Sous les coups assassins de l'Allemand de Besme !

BATHILDE, *surprise*.

Le roi, pour ce vieillard, ne fut-il pas très-bon,
Quand il faillit mourir d'un coup de mousqueton ?

JEAN.

Vous ne comprenez pas l'horrible comédie :
Pour mieux dissimuler sa lâche perfidie,
C'est vrai, le roi feignit un fort emportement...
Mais cela dura peu, car fort tranquillement
... Il s'en revint au Louvre ! On ne s'attendait guère
A ce que projetait son infernale mère !

BATHILDE.

Et pour le prince Henri?...

JEAN.

                    Voilà ce dont j'ai peur :
S'il ne se convertit, je redoute un malheur !

Il est juste, il est bon et d'humeur sympathique,
Mais je crois qu'il devrait se faire catholique.
Il possède un grand cœur, audacieux et fier,
Rien ne peut modérer sa nature de fer !
Charles neuf n'est pas homme à protéger un prince
Qu'on aurait dû laisser au fond de sa province ;
Et s'il lui fait ombrage, attendez-vous bientôt
A le voir disparaître... Il ne faudrait qu'un mot.

BATHILDE.

Pour le roi ce serait une tache sanglante...
N'aime-t-il plus Henri ?

JEAN.

Sa rigueur apparente,
Pour tromper notre reine est peut-être un moyen ;
Car dans cette famille on fait tout, hors le bien.

BATHILDE.

D'ailleurs ne craint-il pas, le malheureux monarque,
Qu'auprès du Roi des rois, ce crime soit la marque
Qui le fera descendre aux enfers, quand la mort,
Sur un signe de Dieu, viendra fixer son sort ?

GERVAISE, *effrayée.*

Quels cris, mon doux Jésus !

JEAN.

Être femme, être reine,
Et n'avoir dans le sang que le fiel et la haine !

BATHILDE.

Dites-moi donc comment vous avez pu sortir
Des mains de ces brigands venant vous assaillir ?

JEAN.

Si je me suis tiré de cette bande hurlante,
Ce n'est pas ma valeur, allez, qu'il faut qu'on vante.
Ils étaient vingt, moi, seul ; je ne pouvais lutter ;
Je m'enfuis au plus vite, et sans leur résister.
J'aurais en vain usé d'une inutile audace.
Alors les assassins, restés seuls sur la place,
Commencèrent à mettre le feu ; les passants
S'enfuyaient pleins d'effroi ! De longs gémissements
Retentissaient partout! Mais, sur mes pas, un homme
Aux habits en lambeaux, comme un affreux fantôme
Arrivait en criant. Ses regards faisaient peur ;
Ils étaient pleins de rage et d'atroce fureur !
Il allait me frapper, dans son audace impie...
... Votre accueil généreux m'a conservé la vie !

BATHILDE.

Vous ignorez le nom de cet homme ? Peut-être
Est-il aux Médicis ?

JEAN.

J'ai cru le reconnaître ;
C'est, dit-on, le tueur de la reine et du roi.
Qui n'est pas pour ceux-ci doit le craindre, ma foi !
Il a nom Maurevert.

BATHILDE, *avec effroi.*

Maurevert ! c'est mon père !
Ah ! que m'apprenez-vous !

GERVAISE.

Voilà donc le mystère !
Qu'il soit maudit, cet homme, il ne mérite pas
D'avoir pour fille un ange.

BATHILDE, *accablée.*

Ah ! que je souffre, hélas !

JEAN.

Malheureux que je suis ! A la femme que j'aime
Causer, sans le savoir, cette douleur extrême.
Bathilde ! qu'ai-je fait ! me pardonnerez-vous ?
J'ai brisé votre cœur ; je tombe à vos genoux !

BATHILDE.

Le crime, mon ami, n'est pas dans vos paroles ;
Tôt ou tard j'eusse appris...

GERVAISE, *l'interrompant.*

Nous en deviendrons folles.

Pourquoi nous avoir dit l'affreuse vérité ?

JEAN, *regardant dans la rue.*

Ah! grand Dieu!

BATHILDE,

Qu'avez-vous ?

(On entend frapper.)

JEAN.

Quelle fatalité !

Ceux qui me poursuivaient frappent à votre porte ;
Impossible de fuir devant cette cohorte.

GERVAISE, *joignant les mains.*

Ils vont monter, Seigneur !

JEAN,

Que faire ?

GERVAISE,

Arrangez-vous ;

Nous avons bien assez à redouter pour nous !

BATHILDE, *vivement.*

Fuyez par ce balcon !

(Elle ouvre la fenêtre ; un coup de feu part et la blesse, elle tombe sur
un chaise ; Gervaise court à elle.)

JEAN, *la soutenant.*

Ciel !

GERVAISE.

Ce coup l'a frappée!...
Ses noirs pressentiments ne l'avaient pas trompée !

BATHILDE, *avec effort.*

Adieu ! vous que j'aimais! qui pleurerez ma mort!

JEAN.

Pourquoi désespérer? nous braverons le sort!
Vous vivrez, calmez-vous, écartez ces idées !
Sur un bonheur prochain, reposez vos pensées,
Et songez que j'espère obtenir votre main !

BATHILDE, *faiblement.*

Mon cœur, mon pauvre ami, ne battra plus demain !
... D'ailleurs voudriez-vous prendre pour votre femme
La fille d'un méchant, aux yeux de tous infâme ?

JEAN.

Mais vous êtes un ange !

BATHILDE.

Et mon père un félon.

GERVAISE.

Cet homme! il ne vaut pas un coup de mousqueton!

BATHILDE, *de plus en plus faible.*

Vos soins me sont bien doux... je vous en remercie...
Mais... vous cherchez en vain... à me rendre... la vie...

JEAN.

Je vous verrais mourir ! quel coup m'est réservé !.

BATHILDE.

Je meurs contente, ami... de vous avoir sauvé !. .

(A Gervaise.)

Restez bien près de moi... vous... ma seconde mère...
Mon unique soutien...

(On ouvre la porte.)

GERVAISE.

Ciel ! voici votre père !

SCÈNE VI.

LES MÊMES, MAUREVERT, DES SOLDATS.

MAUREVERT, *aux soldats, qui veulent entrer.*

Arrêtez ! arrêtez !... Qu'ai-je vu !... Mon enfant !
O trop fatal destin ! (Il la touche.) froide et sans mouvement !
Elle expire à mes yeux !... Je suis un grand coupable !
Je dois être maudit pour ce crime exécrable...

. . . .

A l'œuvre, Maurevert ; maintenant venge-la !
Ta fille va mourir ; ne pense qu'à cela.

JEAN.

Quel courage, ah! Bathilde! et quelle patience
Pour supporter ainsi votre horrible souffrance!

GERVAISE.

Elle meurt pour le mal que, seul, son père a fait!

MAUREVERT, *à Jean.*

Et vous, vil séducteur, cause de mon forfait,
Redoutez mon courroux!

BATHILDE, *se levant.*

　　　　　　　　　　Epargnez-le... je l'aime!...
Partez, Jean!

　　　　　　　　　(Elle retombe et expire.)

JEAN.

　　　　Vous quitter à ce moment suprême!
Bathilde!... Elle n'est plus!... ah! vienne le trépas,
Tout est fini pour moi, je ne le craindrai pas.

　　　　　　　　　(Il sort.)

SCÈNE VII ET DERNIÈRE.

MAUREVERT, BATHILDE, morte, GERVAISE.

MAUREVERT.

Seigneur! dans vos décrets, que vous êtes sévère:
M'enlever pour toujours une fille si chère!

. . . .

Je l'ai laissé partir, cet homme, et je le hais,...
Depuis longtemps déjà sur lui je m'acharnais,

Lorsque je l'aperçus ici cherchant asile,
Je l'attendis.

GERVAISE, *ironiquement.*

Vraiment ! eh mais ! c'est fort habile.

MAUREVERT, *désignant la fenêtre.*

Bientôt à cet endroit je crus le voir venir ;
Je tirai sans viser... je voulais en finir,
Et joindre encor ce meurtre au nombre de mes crimes.
Ma fille compte donc parmi tant de victimes !

(S'animant progressivement.)

Maurevert l'assassin, tu sèmes la terreur,
Et ton nom abhorré fera naître l'horreur.
Allons va, meurtrier, va ! poursuis ta carrière ;
Pour toi n'existe plus de frein ni de barrière.
Va ! cours assassiner tous ceux que tu verras ;
Va ! fais verser des pleurs partout où tu seras ;
Toujours tu laisseras du sang sur ton passage ;
Va respirer l'odeur du sang et du carnage !
Les entends-tu ces cris ? va donc chercher l'oubli
Dans de nouveaux forfaits.

GERVAISE *s'agenouille près de Bathilde.*

Moi, ma place est ici !

(Maurevert prend son mousquet et sort.)

Le rideau tombe.

MESSE, MORT OU BASTILLE

DRAME EN UN ACTE ET EN VERS.

2

PERSONNAGES.

—

CHARLES IX, roi de France.
HENRI, prince de Navarre.
RENÉ, parfumeur de la cour.
MAUREVERT, le tueur du roi.
CATHERINE, mère de Charles IX.
SAVERNY, premier seigneur.
TAILLEFER, deuxième seigneur.
DES SEIGNEURS, LE CAPITAINE DES GARDES, VALETS.

MESSE, MORT OU BASTILLE

DRAME EN UN ACTE ET EN VERS.

———

Le théâtre représente l'intérieur de la galerie d'Apollon; au fond, la fenêtre donnant sur le quai.

SCÈNE I.

SAVERNY, TAILLEFER, SEIGNEURS.

(Au lever du rideau, Saverny cause avec des seigneurs sur le devant de la scène; Taillefer est accoudé au fond et regarde ce qui se fait sur le quai.)

UN SEIGNEUR, *à Saverny.*

Ah ! mon cher Saverny, vous pouvez rire à l'aise ;
Vous en avez le droit ; mais, ne vous en déplaise,
Il est bien avéré qu'on vous vit l'autre jour
Donner, pour cette nuit, un rendez-vous d'amour

A certaine beauté d'humeur fort agréable,
Dont je tairai le nom, pour être charitable.
Entre nous, mon très-cher, le choix en est fort bon ;
C'est à votre couronne un éclatant fleuron
Qu'il vous faut ajouter.

SAVERNY.

          La promesse est réelle,
Je ne le démens pas ; mais aujourd'hui la belle
M'attendra vainement ! Aux dépens de ses jours
C'est acheter trop cher de semblables amours ;
N'est-ce pas, Taillefer, que d'être en sa demeure
Est beaucoup plus prudent que de faire à cette heure
Quelques pas dans Paris ?

TAILLEFER, *descendant.*

          Ce serait dangereux,
Je n'en disconviens pas. La riche nuit, messieurs,
Pour des gens comme nous, à l'âme catholique.
Tenez, venez ici, la vue est magnifique.

               (Ils vont à la croisée.)

Au milieu de la Seine on amarre un bateau
Où seront entassés, et puis jetés à l'eau
Les corps des réformés. Leur vie est par trop dure :
Ils ne meurent jamais d'une seule blessure !

En maints combats j'ai vu ces maudits huguenots,
Percés de mille coups, perdant leur sang à flots,
Nous tenir tête encor, en ce moment suprême,
Avec une valeur que j'admirais moi-même.

SAVERNY.

Je ne sais vraiment pas comment, sans en frémir,
Vous pouvez regarder ces pauvres gens mourir !

TAILLEFER.

Eh quoi ! vous les plaignez ?

SAVERNY.

                         Non, j'approuve la peine ;
Ils ont eu le malheur de déplaire à la reine !
Mais, le sang m'a toujours inspiré de l'horreur ;
L'aspect d'un homme mort me glace de terreur !
Et voilà ce qui fait qu'au métier de la guerre,
Malgré tous mes efforts, je ne pourrai me faire.

UN SEIGNEUR.

Ah ! si votre courage au combat brille peu,
Au bon temps de la paix vous gardez votre feu,
On vous sait raffiné, courtisan ! Votre grâce,
En tous points si parfaite, au premier rang vous place.

SAVERNY.

Messieurs, je vous supplie en grâce, épargnez-moi !
(Ils rient tous.)

                           2.

LE SEIGNEUR.

Mais qui peut donc ainsi retarder notre roi ?
Je trouve toujours long le temps de son absence.

SAVERNY.

Le roi vous saura gré de votre impatience,
Soyez-en convaincu ! Ne vous tourmentez pas,
Il nous rejoindra bien !... Tenez ! j'entends ses pas
Dans le grand escalier ; on voit de la lumière,
C'est Notre Majesté qui vient de chez sa mère,
La reine Catherine.

LE SEIGNEUR.

                    En entendant ce nom,
Je sens par tout le corps qu'il me passe un frisson ;
Je crains toujours pour moi ses noirceurs sans pareilles.

SAVERNY, *bas au seigneur.*

Prenez garde : les murs ont ici des oreilles !

UN HUISSIER, *annonçant.*

Le roi, messieurs, le roi !

SCÈNE II.

LES MÊMES, CHARLES IX.

(Les seigneurs vont se ranger près d'une porte, à droite. Charles IX
paraît, salue de la main les courtisans, qui s'inclinent, puis va s'asseoir à gauche, où il reste un moment pensif.)

CHARLES IX, *après une pause.*
                    Approchez, messeigneurs ;
Je vois avec plaisir qu'en loyaux serviteurs,
Votre fidélité ne s'est pas démentie ;
Mon cœur en est touché, je vous en remercie.

TAILLEFER.
Nous ne méritons pas, sire, tant de bonté.
C'est un devoir pour nous de Votre Majesté
De combler les désirs, d'affermir la puissance ;
A tous ses ennemis de ravir l'existence,
Comme dans ce moment !

CHARLES IX, *s'assombrissant.*
                    Oui, réjouissez-vous ;
Nous n'apercevrons plus l'amiral parmi nous.
Maurevert l'a manqué par un hasard extrême ;
Mais, plus heureux que lui, le glaive de de Besme

A vengé noblement l'infâme assassinat
De ce pauvre de Guise, et bien servi l'Etat,
En donnant à l'enfer cette nouvelle proie.

SAVERNY.

De Votre Majesté nous partageons la joie ;
Le chef une fois mort, les membres du parti
Se séparent bientôt, et l'ordre est rétabli !

CHARLES IX.

Tout n'est pas terminé ; Gaspard n'est plus en vie,
C'est vrai ; mais il se peut que contre nous s'allie
Celui qu'on vient d'unir avec ma sœur Margot.
Je l'ai fait prévenir, ce gascon d'Henriot,
Qu'il vienne me parler.

LE SEIGNEUR, *à part.*

Le roi paraît peu tendre.

SAVERNY, *à part.*

Le pauvre Béarnais est bien loin de s'attendre
Au sujet pour lequel le roi le fait mander.
De cet entretien-là, que va-t-il résulter ?

L'HUISSIER, *annonçant.*

Le prince de Navarre !

HENRI, *entrant.*

Aux ordres de mon frère
Et de mon souverain, je ne puis me soustraire.

CHARLES IX.

C'est fort bien. Messeigneurs, je voudrais, en secret,
Causer avec Henri.

(Les seigneurs sortent.)

SCÈNE III.

CHARLES IX, HENRI.

HENRI.

Mon frère, je suis prêt.

(A part.)
Sachons nous modérer ! je prévois un orage,
Et pour le conjurer ayons force et courage.

CHARLES IX.

Ne te semble-t-il pas, Henri, plus rassurant
De te trouver ici, dans un pareil moment ?

HENRI.

Pourquoi plus aujourd'hui que tout autre jour, sire ?
Et mon plus grand bonheur, laissez-moi vous le dire,
Serait près de mon roi de voir couler mes jours.

CHARLES IX, à part.

Il ignore encor tout, ou bien, ayant recours
A la ruse, il me flatte, et de cette manière,
Pense facilement apaiser ma colère.

Mais j'ai pris le parti de ne rien écouter ;
Mon œuvre est commencée, il me faut l'achever !
(Haut.)
Ne dois-tu pas sortir, je le tiens de ma mère,
Avec Beauchamp, je crois, et d'Alençon, mon frère ?

HENRI.

Je leur avais promis, et ne sais pas pourquoi
La reine Marguerite, en s'approchant de moi,
M'a vivement prié d'ajourner ma sortie ;
Alors, j'ai fait remettre à demain la partie.

CHARLES IX, *à part.*

Elle avait des soupçons !

HENRI.

    Et j'allais m'endormir,
Lorsque Sa Majesté soudain m'a fait quérir,

UNE VOIX, *au dehors.*

Au secours ! je me meurs !

HENRI, *ému.*

    Il se commet un crime,
Sire, devant ces murs, et la pauvre victime
Va succomber !... (A la croisée.) Mais c'est, en croirai-je mes yeux,
Oui, c'est Jean d'Auriac ! il faut du malheureux
Seconder le courage et je vais...

CHARLES IX, *l'interrompant.*

Inutile

De prendre tant de soins ; il serait difficile,
Il est même impossible à toi de secourir
Tous ceux qui, cette nuit, dans Paris vont mourir.

HENRI, *saisi d'effroi.*

Tous ceux qui vont mourir ! Les paroles, mon frère,
Que vous prononcez là sont pleines de mystère.
Mon roi daignera-t-il me donner de ceci
Une explication ?

CHARLES IX, *ouvrant la fenêtre,*

Regarde ; la voici.

. . . .

Vois-tu cette maison que la flamme dévore ?
C'est là que l'amiral, l'amiral que j'abhorre,
Vient de finir ses jours.

HENRI, *de plus en plus surpris.*

Coligny ! Coligny !

CHARLES IX, *s'animant.*

Vois-tu ce corps sanglant ? reconnais Téligny,
Le gendre de Gaspard, qu'on traîne à la rivière.

HENRI.

Deviez-vous terminer ainsi votre carrière,

Nobles héros aux noms illustrés si souvent !
Rien qu'à ce souvenir mon cœur saigne et se fond !

CHARLES IX.

Tu le vois, Henriot, je suis toujours le maître,
Et mon peuple, en ce jour, apprend à me connaître.

HENRI, *à part.*

Pauvre roi, qui, dompté par un bras infernal,
N'ose briser un joug qui doit lui faire mal.
Pauvre roi, qui se croit maître de la couronne,
Qui s'imagine agir lorsque sa mère ordonne.

(Haut.)

De qui vient le signal de ces meurtres affreux,
De la reine ou de vous ?

CHARLES IX.

Il vient de tous les deux.

HENRI.

Quoi ! tuer ses sujets pour un simple caprice ;
Sire, je vous croyais au cœur plus de justice...

CHARLES IX.

J'étais las, à la fin, de leurs prétentions ;
Il fallait écraser ces viles légions.
Je veux qu'aujourd'hui même on délivre la France
De tous ces huguenots, dont la rare insolence
Était un vrai scandale... Henri, tu m'as compris ?...
... Attends pour me répondre... avant tout, réfléchis.

HENRI, *vivement.*

Attendre ! Non. Voici franchement ma réponse :
A ma religion on veut que je renonce ! ..
Quoi qu'il puisse arriver, je ne le ferai pas !
Pourquoi ces pauvres gens souffrent-ils le trépas ?
C'est qu'une lâcheté leur parut trop infâme !...
Et moi, leur chef, j'irais, sire, souiller mon âme
D'une apostasie ! Ah !...

CHARLES IX,

Tu crois donc, Henriot,
Qu'avant de l'égorger, à chaque parpaillot
On propose la messe ?... Ah ! le Ciel m'en préserve !
Cet honneur, seulement à toi je le réserve !...
Je n'écoute plus rien, et tu me vois à bout !...

HENRI, *noblement.*

Je reste protestant et me résigne à tout !...
Vous disiez, en montant sur le trône de France :
« Celui qui me sert bien, n'importe sa croyance,
Est sûr de mon appui ! » Ces paroles, mon roi,
Sont-elles en rapport ?...

CHARLES IX, *saisissant son arquebuse.*

Henri ! décide-toi !
Un dernier mot encor : Messe, mort ou Bastille !

5

HENRI.

Sire, rappelez-vous que dans votre famille
Vous venez de m'admettre !...

CHARLES IX, *détournant son arme.*

Il faut que sur quelqu'un
Je me venge pourtant, et qu'il n'en reste aucun.

(Il tire par la fenêtre.)

HENRI, *à part.*

Oh ! les tristes effets de la colère humaine !
Voilà jusqu'à quel point la passion nous mène !
Pourrait-on reconnaître, à cet air furieux,
A ces traits renversés, à cette rage aux yeux,
Celui qu'on a nommé le soutien de la France,
L'homme en qui tout un peuple a mis son espérance ?

SCÈNE IV.

LES MÊMES, TAILLEFER, SAVERNY.

TAILLEFER.

Quel est ce coup de feu ?

SAVERNY.

Je crois que, trop aigri,
Le roi s'est oublié jusqu'à viser Henri !

CHARLES IX, *désignant Henri*.

Capitaine, arrêtez cet homme, il est coupable
De haute trahison; qu'un supplice effroyable...

(Un flot de sang lui coupe la parole.)

Ah ! j'étouffe ! j'étouffe !... Une barre de fer
Me déchire le cœur !... c'est pire que l'enfer.

SAVERNY, *à un garde*.

Maître Ambroise Paré se trouve ici, sans doute ;
Qu'il vienne prévenir le malheur qu'on redoute !...
Qu'il prodigue à son roi tous les secours de l'art...
Plaise au ciel que ses soins n'arrivent pas trop tard !

(Le garde salue et sort.)

LE SEIGNEUR, *à part*.

Malgré tout son courage, Henri devient livide !
Le péril est bien grand, puisqu'ainsi l'intimide
L'ordre émané du roi !

(On emporte le roi. Les seigneurs sortent.)

LE CAPITAINE DES GARDES, *à part*.

Do la commission
Je me passerais bien ! C'est triste mission
Que d'arrêter un prince ! .. il faut pourtant le faire.
Tout bon courtisan doit obéir et se taire.

(Il s'approche d'Henri chapeau bas.)

Malgré tout le respect que je dois vous porter,
Suivant l'ordre du roi, je viens vous arrêter.
Rendez-moi votre épée !...

HENRI.

Aux volontés royales
Je ne puis résister ; entre vos mains loyales
Je dépose cette arme !... à défendre l'État
Elle a servi jadis, et non pas sans éclat,
Mon père la portait !

LE CAPITAINE.

En effet, chacun cite
D'Antoine de Bourbon le guerroyant mérite ;
Puis au siége de Rouen sa malheureuse fin.

HENRI.

Dites-moi donc, Nancey, quel sera mon destin ?

LE CAPITAINE.

Prince, je ne saurais vous instruire à l'avance
Du sort qui vous attend. Aucune autre ordonnance
N'étant venue encor, vous resterez ici.

(Aux gardes.)

Holà ! gardes, venez ! Du prince que voici
Surveillez tous les pas, restez à cette porte.

UN GARDE.

Il est donc prisonnier ?

LE CAPITAINE.

Eh mais! que vous importe?

(Ils sortent.)

SCÈNE V.

HENRI, *seul.*

Perdu ! je suis perdu ! la colère du roi
Dans toute sa rigueur va s'abattre sur moi,
Quand sa crise, à la fin, se trouvera calmée !
Ah ! que n'ai-je suivi ma première pensée !
Fuir avec Marguerite en mon pays natal;
Dans ces lieux bien aimés rien n'eût été fatal !
Non que le roi de France ait pour moi de la haine !
Je lui sais un bon cœur, mais qu'aisément on mène.
Je m'aperçois très-bien que la mère a conduit
Et dirigé le fils, dans cette horrible nuit !
Ce n'est pas lui qui règne, il est sous sa tutelle;
Fille des Médicis, comme eux elle est cruelle !
Et sans aucun repos, par sa méchanceté,
Ne me laisse jamais paix ni tranquillité!
Mes pauvres compagnons ! je voudrais vous rejoindre
Et m'éloigner d'un trône où je ne puis atteindre.

On me traite de roi, de sire, et je n'ai pas
Le plus petit royaume à gouverner, hélas !

SCÈNE VI.

HENRI, RENÉ, sortant d'une porte secrète.

RENÉ.

Sire, vous avez tort ; qu'importe le royaume,
Par la naissance seule on fait un roi d'un homme !

HENRI.

Qui donc me parle ainsi? C'est vous, maître René?
Mais par où, s'il vous plaît, avez-vous pénétré
Jusqu'à moi ? Chaque porte est d'un gardien munie;
En vous voyant céans, je crois à la magie !

RENÉ, montrant la porte.

Cette secrète issue est inconnue au roi,
Qui ne soupçonne pas que sa mère par moi
Sait tout ce qui se dit. Ici souvent, pour elle,
Je suis en faction ; j'écoute et lui révèle
Des secrets importants qui lui servent alors
A frapper sûrement, sans crainte et sans remords !

HENRI.

Mais vous êtes, René, d'une imprudence extrême
En m'apprenant cela ! Catherine elle-même

Peut-être à cette place écoute et nous entend !
Je frémis pour vos jours si la reine surprend
Que vous avez trahi ses secrets ; c'est un crime
Qu'elle saura punir ! punir, c'est sa maxime !

RENÉ.

Tranquillisez-vous, sire, et n'ayez nul souci,
La reine est chez son fils, nous sommes seuls ici !
Daignez me pardonner d'avoir osé surprendre
Votre entretien secret ; je ne saurais comprendre,
Moi qui vous aime fort, qu'un prince tel que vous
Se croie ici frappé par un destin jaloux !
Sous ce nouvel échec pourquoi baisser la tête ?
Parfois, en la bravant, on calme la tempête.

HENRI.

Ah ! mon pauvre René, votre prédiction
Est loin de s'accomplir, car ma position
Devient assez précaire, et grande est la distance
D'un vilain cachot noir à ce trône de France
Que vous m'aviez promis !

RENÉ.

        Sire, vous régnerez ;
Mais vous devez penser qu'avant vous souffrirez !

HENRI, *à part.*

Quoi donc m'attend encor ?

RENÉ, *l'amenant à la fenêtre.*

> Regardez cette étoile...

C'est la vôtre, sire !

HENRI.

> Ah ! la voilà qui se voile,

Et sa faible clarté disparaît à nos yeux ;
Pour l'avenir, René, le présage est heureux !

> (Il sourit.)

RENÉ.

Un gros nuage épais d'une ombre passagère
La couvre en ce moment ; toutefois sa lumière
N'en brillera que mieux. Les mots volent, dit-on,
Mais les faits restent là ! c'est un ancien dicton
Qui ne peut pas mentir. Une toute-puissance
Incessamment protége ici votre existence !
Combien de fois la reine, employant le secours
Du fer ou du poison, a voulu de vos jours
Abréger la durée ?

HENRI.

> Hélas ! oui, car j'ai peine

A comprendre comment je survis à sa haine !

RENÉ.

Si, jusqu'à ce moment, Dieu vous a conservé,
Pour de plus grands destins il vous a réservé !

HENRI.

Supposons un instant la mort du roi mon frère,
Quoique son accident ne m'inquiète guère ;
Charles doit vivre encore, il est jeune, il est fort,
Il domptera le mal, quel serait donc mon sort ?
Quand ses frères sont là, convoitant la couronne,
Vous n'imaginez pas, vraiment, qu'on me la donne ;
Je ne combattrai pas le prince Henri d'Anjou ;
Ni François d'Alençon. Il faudrait être fou
Pour concevoir encor une ombre d'espérance !

RENÉ.

En vain vous voudriez douter de la science.
Je vois de chaque humain le sort au ciel marqué.
Écoutez et croyez ce que j'ai remarqué :
C'était hier au soir ; les cieux exempts d'orages
M'ont donné les plus sûrs et les meilleurs présages !
Tous les fils de la reine auront même destin,
Tous les trois périront, soyez-en bien certain.
Le fer ou le poison terminera leur vie ;
Charles neuf est perdu ; les soins, ni la magie
Ne sauraient le sauver. Le sort les a marqués.
Je le répète encor, prince, vous régnerez !
Préciser le moment me serait impossible,
Mais vous resterez seul et serez invincible.

3.

Les augures, pour vous, ont une seule voix,
Et la mort soufflera sur le front de ces rois,
Dont la race, à jamais, s'éteindra sur la terre !
En vain, vous traiterez d'erreur et de chimère
Ce que j'exprime ici.

HENRI.

Je n'ose, en vérité,

Croire à votre horoscope, et cette royauté
Me paraît un fantôme !

RENÉ.

Non. Détrompez-vous, sire,

Mon savoir est réel ; je ne crains pas de dire
Qu'il n'a jamais menti !... Au loin j'entends des pas...
... D'ici quelqu'un s'approche, et je ne voudrais pas
Qu'on nous trouvât ensemble, ou bien votre disgrâce
Sur moi retomberait !

HENRI.

Pour être à votre place

Je donnerais beaucoup !

(René sort.)

LE CAPITAINE DES GARDES. *Il salue.*

Le roi voudrait vous voir.

HENRI.

J'obéis à l'instant ! (A part.) Que peut-il me vouloir ?

(Henri sort avec le capitaine.)

SCÈNE VII.

CATHERINE DE MÉDICIS, MAUREVERT. Ils entrent à droite.

MAUREVERT, *entrant le premier.*

Vous pouvez avancer, ma noble souveraine;
Personne ne viendra troubler ici la reine.

CATHERINE.

Messire Maurevert, je vois avec plaisir
Que vous exécutez de moi chaque désir
Avec exactitude, et vos brillants services
Seront récompensés! Pourtant à vos offices
Je dois, pour cette nuit, avoir encor recours.

MAUREVERT.

Mon épée et mon bras sont acquis pour toujours
A la reine de France! Instrument de ses haines,
Je sais en même temps satisfaire les miennes...
Qu'a donc à réclamer, de moi, Sa Majesté?

CATHERINE.

Vous allez le savoir : il est encor resté
Un de mes ennemis; c'est de Mouy qui me gêne...
Il faut qu'adroitement sous ces murs on l'amène...
Que devant Henri même il reçoive la mort
De votre propre main.

MAUREVERT.

Il subira son sort
Comme vous l'ordonnez ; mais je dois vous soumettre
Qu'il est hors de Paris, et qu'il faudra remettre
L'affaire à quelques jours.

CATHERINE, *souriant méchamment.*

Vous êtes dans l'erreur ;
Il vit ici, caché comme un conspirateur.
Et, pas plus tard qu'hier, il a poussé l'audace
Jusqu'à venir céans, à cette même place,
S'informer, près d'Henri, de fuir ou de rester
Quel était son dessein.

MAUREVERT.

On devait l'arrêter
Au sortir du palais !

CATHERINE.

Une telle imprudence
Eût bien certainement jeté la défiance
Parmi les huguenots, qui par quelque moyen
Nous eussent échappé pour cette nuit !

MAUREVERT.

Fort bien,
Madame, et je comprends l'habile politique
Qui guide votre esprit, et qui vous rend unique.

Mais, notre parpaillot, où loge-t-il enfin ?

CATHERINE, *lui montrant la croisée.*

Route de l'Arbre-Sec, au bout de ce chemin.
Vous allez le trouver chez maître La Hurière,
Aubergiste.

(Ils reviennent sur le devant.)

MAUREVERT.

Je sais ; auprès de la rivière.
Mais il va se défendre, il est fort irrité,
Car j'ai tué son père !

CATHERINE.

Et c'était mérité.

(A part.)
Le lâche ! aurait-il peur ? (Haut.) Vous hésitez peut-être ?

MAUREVERT.

Rien qu'à ces mots je sens mon courage renaître !

CATHERINE, *écoutant.*

Henri, je crois, revient ; adieu, séparons-nous.

MAUREVERT.

Je me mets en campagne.

CATHERINE.

Et je compte sur vous !

MAUREVERT.

Vous me verrez à l'œuvre, et pourrez vous convaincre
Que personne ne peut se vanter de me vaincre.
Avec ce pistolet j'aurai bientôt fini.

(Il sort.)

SCÈNE VIII.

CATHERINE, HENRI.

HENRI, *entrant sans voir la reine.*

Le roi m'a pardonné, m'a nommé son ami !...
René dirait-il vrai?

CATHERINE, *à part.*

Quand on est mon complice,
Messire Maurevert, il faut qu'on obéisse !
Cela sans hésiter; vouloir y renoncer,
C'est son arrêt de mort qu'on vient de prononcer.
Réfléchissez-y bien.

HENRI, *à part, l'apercevant.*

Mais, voici Catherine.
L'aspect mystérieux de cette Florentine
Me refoule le sang jusques au fond du cœur !

CATHERINE.

Je viens, mon cher Henri, d'apprendre avec douleur

Des bourgeois de Paris l'extrême violence.
C'est un très-grand malheur, mais que sous peu, je pense,
On saura réprimer, en pendant bel et bien
Ces hommes insensés, qui, ne craignant plus rien,
Egorgent leurs amis !

HENRI.

Jouons franc jeu, madame.
Ne dissimulez pas ! j'ai su lire en votre âme.
Vous accusez à tort les bourgeois de Paris
D'un crime qu'à coup sûr ils n'auraient pas commis.
Ce sont des citoyens à l'âme noble et brave,
Et non pas des bourreaux que le meurtre déprave !
Cette sombre épopée, écrite avec du sang,
Dans l'histoire sera placée au premier rang !
C'est là votre chef-d'œuvre, et vous en êtes fière !...
...Sans trêve ni repos, vous me faites la guerre,
Vous me détestez fort, et trouvez, chaque jour,
Quelque nouveau moyen qui de quitter la cour
M'oblige sans retard !... J'y resterai, quand même ;
Si vous me haïssez, le roi, votre fils, m'aime.

CATHERINE.

Vous m'avez devinée... Eh bien, oui, je vous hais !
Ce trône des Valois, vous ne l'aurez jamais
Tant que je serai là !

HENRI.

Madame, la régence,
En cas de mort du roi, sera ma jouissance.
Voici, pour le prouver, un papier conféré
Par Charles.

CATHERINE.

A mes fils il vous a préféré !
Moi, je l'empêcherai !

HENRI.

Je saurai bien attendre !

CATHERINE, *à part.*

Il ose me braver !

HENRI, *écoutant.*

Mais, que viens-je d'entendre ?
Un cliquetis d'épées ? On se bat par ici !

CATHERINE, *à part.*

Mon fidèle émissaire a fort bien réussi.

HENRI, *à la fenêtre.*

Maurevert et de Mouy ! mon compagnon si brave !
Voilà, ventre saint-gris, quelque chose de grave !
Allons, ferme, de Mouy ! va ! perce-lui le cœur !
Mais !... que fait Maurevert ? il n'a plus tant d'ardeur !
Il tire un pistolet ! Ami ! prends garde au traître !

CATHERINE, *à la croisée.*

Feu, Maurovert! feu donc!

(Un coup de pistolet.)

HENRI.

De Mouy sera le maître!

Madame Catherine, il évite le coup,
Et sur son assassin bondissant tout à coup,
De son glaive sanglant, que tient une main sûre,
Dans la gorge il lui fait une horrible blessure,
Assurément fatale. Une aussi belle mort
Pour lui n'était pas faite. Elle est en désaccord
Avec sa vie entière, et pour un pareil homme
Il fallait Montfaucon. Le fer d'un gentilhomme
Est trop noble à mes yeux. Regardez ce larron,
Son visage est affreux! on dirait un démon!...
Il expire! et l'enfer va réclamer son âme.
De votre favori voyez le sort, madame!

CATHERINE, *furieuse.*

Le ciel est contre moi! l'enfer me guidera!

RENÉ, *sortant du cabinet.*

Vous vous trompez! Henri de Bourbon régnera!

(Catherine reste atterrée. Henri fait quelques pas vers René et lui donne
sa main, qu'il baise.)

(La toile baisse.)

LE ROSAIRE.

DRAME EN TROIS TABLEAUX.

PERSONNAGES.

OLIVIER, jeune soldat.

L'ÉVÊQUE DE SAINT-GERMAIN.

COUR-DRAGON, recruteur.

SCHMITT, sacristain.

HERMANCE, fiancée d'Olivier.

CATHERINE, nourrice d'Hermance.

UN HOMME DU PEUPLE.

GARDES, FOULE DE PEUPLE.

LE ROSAIRE.

DRAME EN TROIS TABLEAUX.

PREMIER TABLEAU.

Le théâtre représente l'intérieur d'une chaumière.

SCÈNE I.

HERMANCE, assise à gauche, CATHERINE, entrant.

CATHERINE.

Ouf!... que j'ai donc couru, ma chère demoiselle!
Je n'en puis vraiment plus! c'est qu'aussi la nouvelle
Que je viens apporter n'est pas à dédaigner!
La voici tout au long et sans rien épargner.

HERMANCE.

Était-ce si pressé pour courir aussi vite?...
Reposez-vous d'abord, vous me direz ensuite
Ce qui vient d'arriver.

CATHERINE, *s'asseyant.*

Je me sens déjà mieux.
Or donc, voici le fait, incroyable en ces lieux :
J'ai vu sur la grand'route, à fort courte distance,
Un gros détachement qui par ici s'avance.
De brillants cavaliers, aux vêtements royaux ;
Les hommes, les chevaux, ce n'est qu'or et joyaux.
Dieu ! le charmant coup d'œil ! Ah ! c'est une merveille !

HERMANCE.

En effet, dans ce bourg, la chose est sans pareille !
(Regardant.)
Eh mais ! c'est Monseigneur ! prélat de Saint-Germain...
Et sa mule s'abat au milieu du chemin !

CATHERINE, *avec Hermance à la croisée.*

Vraiment ! Il ne peut pas aller jusqu'au village...
Il nous faut lui donner, dans ce simple cottage,
Une hospitalité qu'on offre de bon cœur...
Il vient de ce côté !...

HERMANCE.

Vrai...

UN PAGE, *entrant.*

Place à Monseigneur !

SCÈNE II.

LES MÊMES, LE PRÉLAT, SUITE.

LE PRÉLAT, *à Hermance.*

Permettez, mon enfant, qu'un voyageur s'arrête
Sous votre toit fleuri ; cette humble maisonnette
Est pleine de fraîcheur, et je vais un instant
M'y reposer heureux. Le léger accident
                    (Il s'assied.)
Qui vient de m'arriver en gravissant la côte,
Par moi sera béni, puisqu'il me fait votre hôte.

HERMANCE.

Monseigneur, commandez, ordonnez, ce logis,
Fier de vous posséder, devient le paradis.
Que vais-je vous offrir ? des fruits ?... à la minute,
On servira du lait, du miel !... Dans cette chute,
Grâce à Dieu, Monseigneur n'a pas été blessé ?...
                (On apporte des fruits, etc.)

LE PRÉLAT.

Grand merci, chère enfant, de ce zèle empressé ;
Le ciel veillait sur moi. Mais ceci me rappelle
Qu'autrefois je bénis une église nouvelle

Des environs, je crois ; et que, comme aujourd'hui,
Je dus me reposer et réclamer l'appui
D'une digne fermière ; elle était simple et bonne,
Faisant pieusement aux pauvres une aumône...
Je reconnais ces lieux... j'ai la conviction
D'avoir jadis connu cette habitation...
Et, tenez, ce portrait...

HERMANCE.
                    Ce portrait représente
Ma mère, Monseigneur !

LE PRÉLAT.
                    C'est l'image frappante
De celle qui m'offrit ce repos bienfaisant.
Pourquoi n'est-elle plus près de vous à présent ?
J'aurais, à la revoir, un plaisir bien sincère...

CATHERINE.
Depuis déjà longtemps elle n'est plus sur terre !...

LE PRÉLAT.
Vous êtes orpheline ?

HERMANCE.
                    Hélas ! oui, Monseigneur.
J'étais jeune et ne pus comprendre mon malheur :
Depuis le jour fatal où Dieu me l'a ravie,
Je n'ai plus de soutien et je n'ai plus d'amie !

LE PRÉLAT.

Le Seigneur ne saurait contre elle être irrité,
Et ne peut refuser ce qu'elle a mérité,
L'accès du paradis. Croyez bien que son âme
Goûte une heureuse paix.

(Il prend un fruit.)

CATHERINE.

De cette sainte femme
Hermance, Monseigneur, a deux fois hérité.
Son cœur est plein de foi, d'amour, de charité.
On la cite partout comme étant, au village,
Un modèle accompli, la fille la plus sage.
C'est presque mon enfant, je ne la quitte pas,
Et dehors, toute seule, elle ne fait un pas.

HERMANCE.

Ma bonne Catherine...

CATHERINE.

Et laissez-moi donc faire !
Comment ! sur ce sujet faudrait-il pas me taire ?
C'est la vérité vraie, et j'aurais un grand tort
En ne la disant pas.

LE PRÉLAT.

Je vous approuve fort.

4

COUR-DRAGON, *entrant.*

Monseigneur, on attend vos ordres dans l'escorte.
Une autre mule est là qu'on amène à la porte.

(A part.)

Tudieu ! la belle fille, elle éclipse Louison !

LE PRÉLAT, *Il fait un signe à Cour-Dragon.*

(A Hermance.)

Il me faut, mon enfant, quitter cette maison,
Où j'ai reçu de vous un généreux asile.
Il est dans ma mémoire en marque indélébile.
Veuillez donc accepter, en souvenir de moi,
Ce chapelet bénit que m'a donné le roi.

(Il lui donne un chapelet.)

HERMANCE.

Ah ! merci, Monseigneur, de ce saint reliquaire...
Mais, en retour aussi, que me faudra-t-il faire ?

LE PRÉLAT.

(Il se lève pour sortir.)

Il faut suivre toujours le Seigneur et ses lois,
Je reviendrai vous voir, Hermance, quelquefois.

(Elles s'agenouillent, il les bénit et sort.)

SCÈNE III.

HERMANCE, CATHERINE.

HERMANCE, *joyeuse.*

Il reviendra, dit-il ; quelles bonnes paroles !

CATHERINE.

Ah ! que vous voilà bien, vous autres têtes folles !
Il ne faut pas ainsi croire à si beaux discours !...
On ne veut pas tenir, mais on promet toujours.
C'est de l'encens de cour, parler pour ne rien dire...
De ce prélat pourtant je n'entends pas médire !...

HERMANCE.

Ma bonne, voyez donc le cadeau qu'il m'a fait !
Je n'ai jamais touché de si beau chapelet.
Et, s'il ne devait pas être avec nous sincère,
Le prélat ne m'eût pas offert ce reliquaire.

CATHERINE, *regardant.*

Il est beau, j'en conviens, ces ornements royaux
Sont composés, ma foi, des plus chers matériaux.
Mais je n'en dis pas moins que Monseigneur l'évêque
Ne reviendra pas plus qu'il n'ira voir la Mecque !

(Elle rit.)

HERMANCE.

Pourquoi donc Monseigneur no reviondrait-il pas ?
Vous vous exagérez les noirceurs d'ici-bas.
Enfin, sur ce sujet, laissez-moi la maîtresse
De croire et de penser ce qu'il me plaît ; je laisse
Entière liberté de juger autrement.
Vous ne sauriez nier qu'il pouvait aisément
Se dispenser ici de vouloir bien promettre
Qu'il reviendrait nous voir, ce saint et digne prêtre.
Oui, nous le reverrons, c'est ma conviction.

CATHERINE, *souriant*.

Je ne mets pas d'entrave à votre opinion ;
Attendons Monseigneur, et je serai charmée,
Si nous le revoyons, de m'être ainsi trompée.

HERMANCE.

Je voudrais qu'Olivier partageât mon plaisir !

CATHERINE, *regardant à la croisée*.

Vous pouvez à l'instant contenter ce désir.
C'est lui, je crois, là-bas ; même, Dieu me pardonne,
Il sort de la taverne... Ah ! voilà qui m'étonne.

(Elle s'est assise et coud.)

HERMANCE.

Olivier, c'est étrange ! et vient-il par ici ?

CATHERINE.

Mais je n'en puis douter ; regardez, le voici.
Toutefois, si votre âme est maintenant joyeuse,
Il a, de son côté, la mine soucieuse.

HERMANCE.

Il est triste, vraiment?

CATHERINE.

Venez plutôt le voir.
Il suffit d'un coup d'œil pour s'en apercevoir.

SCÈNE IV.

Les mêmes, OLIVIER.

CATHERINE.

Eh! vite, arrivez donc, monsieur l'homme morose;
Dites-nous sans tarder de vos chagrins la cause.

OLIVIER.

Hermance, je vous viens dire un cruel adieu.

HERMANCE, *avec terreur*.

Comment vous me quittez ! pour quel motif, grand Dieu ?

OLIVIER.

Je frissonne d'avance et n'ose vous l'apprendre.

4.

CATHERINE.

C'est donc bien effrayant ?

OLIVIER.

Je commence à comprendre
Combien grand est mon tort.

HERMANCE.

Mais parlez donc, parlez !

OLIVIER.

Oui, je vais m'expliquer, puisque vous le voulez !...
Je me suis engagé, je sers Son Eminence !

HERMANCE, *atterrée.*

Vous, Olivier, soldat ! ma surprise est immense !...

OLIVIER.

Je ne puis disposer que de quelques moments.
Laissez-moi donc pleurer dans ces trop courts instants.

HERMANCE.

Non, j'ai mal entendu ! par ces tristes paroles
Vous voulez m'éprouver !

CATHERINE, *comiquement chagrine.*

Nous en deviendrons folles !

OLIVIER.

Ah ! que je suis puni ! l'ambition, l'orgueil
Ont soufflé sur mes yeux et m'ont caché l'écueil.

Ma raison égarée, obscurcie et tremblante,
N'a pas su s'arrêter sur cette affreuse pente !

CENTER HERMANCE.

Vous ne pensiez donc plus à vos serments, ingrat,
En préférant à tout le métier de soldat ?

CENTER CATHERINE.

Comment dans votre esprit germa cette pensée,
Sans motif et sans nom, en tout point insensée ?

CENTER OLIVIER.

J'eus le tort d'écouter la conversation
D'un sergent recruteur, qui d'admiration
Me frappa tout d'abord par sa forfanterie ;
Il vantait ses exploits, sa valeur ! la patrie
Etait fière de lui. Plus d'un jeune garçon
L'écoutait comme moi, mordant à l'hameçon.
Il parlait de grandeurs, de richesses, de gloire,
Et de tous les bonheurs qui suivent la victoire.
Il avait beau langage et la parole d'or...
Avant peu, selon lui, je pouvais d'un trésor
Être le possesseur !

CENTER CATHERINE.

Cette indigne éloquence
Vous a fait oublier le pur amour d'Hermance ?

OLIVIER.

Ah ! ne m'accablez pas ! je suis si malheureux
Que je voudrais mourir après de tels aveux.

HERMANCE.

N'est-il aucun moyen de rompre cette chaîne ?

OLIVIER.

C'est fini, chère Hermance, il faut subir ma peine !

HERMANCE, *à part.*

J'étais heureuse à faire envie à l'univers !
De la médaille, hélas ! voilà donc le revers !

OLIVIER.

Je m'écriai soudain : « Il me faut de la gloire,
Je veux qu'un jour mon nom soit écrit dans l'histoire,
Je veux de mon pays être le défenseur,
Je veux qu'en maints combats éclate ma valeur. »
J'oubliais les dangers : « Hermance sera fière,
Disais-je, d'un époux plein d'une ardeur guerrière,
D'un époux dont partout elle entendra vanter
Le courage et l'amour qui lui font tout dompter. »
Souriant d'un air faux, cet homme me présente
Un parchemin jaunâtre, et, d'une main tremblante,
Je signe, et l'on me nomme archer de Monseigneur.

CATHERINE. *Elle s'assied et travaille.*

Belle avance, ma foi ! comment, dans votre cœur,

N'avez-vous pas pensé que l'absence pour elle
Serait assurément une douleur mortelle?

OLIVIER.

Hermance, pardonnez mon fol égarement,
Je n'ai pas réfléchi, dans mon délire ardent,
Que ce départ allait vous laisser sans défense;
Pourtant rien ne m'est cher comme votre existence!

HERMANCE.

Ecoutez, Olivier; cette triste action
Ne vient que d'une erreur de votre passion...
Vous voyez ma demeure, elle est simple et modeste,
Et c'est avec bonheur que cependant j'y reste.
Quand ma mère, en mourant, à vous me fiança,
Croyez-vous, mon ami, qu'alors elle pensa
Que, pour nous rendre heureux, l'or fût indispensable?
Car, sans vouloir vous dire un mot désagréable,
Vous n'avez pour tout bien que votre vive ardeur!
Votre amour suffisait aux rêves de mon cœur!...
Le mal, quant à présent, n'a plus aucun remède;
Devant le sceau royal toute volonté cède.
Partez, puisqu'il le faut; l'espoir est interdit!
Mais prenez de ma main ce chapelet bénit.

(Elle le lui donne.)

Il vous rappellera ma tendresse, et mon âme
Toujours sera fidèle à votre douce flamme.

SCÈNE V.

LES MÊMES, COUR-DRAGON, sans être vu.

OLIVIER.

Eh quoi ! quand mon départ cause votre tourment,
Vous daignez ranimer mon courage mourant.
J'accepte ce présent, cette chaîne bénie
Ne me quittera pas un seul jour de ma vie !

HERMANCE.

Mais j'exige de vous un serment solennel ;
Jurez-moi devant Dieu que jamais nul mortel
Ne saura d'où vous vient ce pieux reliquaire !

OLIVIER, *levant la main.*

Sur l'honneur, je vous fais le serment de me taire !

COUR-DRAGON, *s'avançant.*

Eh ! messire Olivier, je viens vous avertir
Qu'il est l'heure à présent où vous devez partir.
L'escorte est déjà loin, tout au bout de la plaine,
Aussi, pour la rejoindre, aurons-nous de la peine.
Vous avez eu le temps d'embrasser vos amours ;
C'est un délai qu'à tous je n'offre pas toujours !

HERMANCE, *avec mépris.*

Eh quoi ! c'est là cet homme...

COUR-DRAGON, *l'interrompant.*

Aimable damoiselle,
Pourquoi tant m'en vouloir? vous êtes jeune et belle,
Prenez votre parti sans agitation ;
Vous ferez aisément une autre passion,
Et peut-être la mienne...

(Il rit.)

OLIVIER, *indigné.*

Assez ! assez, messire !

(A part.)

Je souffre mille morts ! et ne pouvoir pas dire
A ce grossier soldat que de semblables mots
Sont sans doute goûtés dans les sales tripots
Où vont ses compagnons, quand le feu de l'ivresse,
Ternissant la fraîcheur, l'éclat de la jeunesse,
Eloigne de leurs fronts et pudeur et raison...
Mais doivent être exclus d'une honnête maison !

HERMANCE, *à Olivier.*

De grâce, calmez-vous ; le mépris, le silence,
Répondront mieux que tout à cette impertinence.
Je me tais, Olivier ; dédaignez tout ceci.

COUR-DRAGON, *à part.*

Oui-da, la belle enfant ! c'est très-bien. (Haut.) Grand merci
De l'avertissement.

HERMANCE, *bas à Olivier.*

       Mon ami, prenez garde,
Il me fait frissonner sitôt qu'il vous regarde.

COUR-DRAGON, *brusquement.*

Allons-nous demeurer céans jusqu'à demain ?
Je veux avant la nuit avoir fait le chemin.

OLIVIER *baise et presse tendrement la main d'Hermance.*

Adieu, pauvre ange !

HERMANCE,

       Adieu ! mais surtout !...

OLIVIER.

                            Soyez sûre
De ma fidélité, puisqu'à vos pieds je jure
Que toujours ce secret restera dans mon cœur !
Cet objet, loin de vous, sera mon seul bonheur.

Fin du premier tableau.

DEUXIÈME TABLEAU.

Le théâtre représente une salle gothique.

SCÈNE 1.

SCHMITT, *seul, sommeillant sur un escabeau.*

Paresseux que je suis! quand j'ai là de l'ouvrage,
Je me mets à dormir. Allons donc! du courage :
J'aperçois le soleil qui touche à son déclin,
Ne laissons pas le jour arriver à sa fin
Sans mettre ces joyaux à leur place ordinaire,
Car, l'ordre, à mon avis, est plus que nécessaire.
Servir fidèlement, voilà toute ma loi;
Grâce à cela j'obtins mon honorable emploi,
Gardien particulier des bijoux et reliques
De Monseigneur; aussi, mes soins sont-ils uniques...
Mais... se peut-il, grand Dieu! le chapelet royal
Aurait-il disparu? Sans doute j'ai vu mal...
Cependant chaque objet est remis à sa place...
Le rosaire seul manque... Ah! ce coup me terrasse...
Monseigneur l'avait bien au moment de sortir!...
Quelque larron, sans doute, aura su le ravir.

5

Que d'audace il fallut pour commettre un tel crime !
Et peut être que moi j'en serai la victime !...
De ce vol odieux on me croira l'auteur...
Cette accusation sera mon déshonneur !
J'ai mené, je puis dire, une vie honorable,
Et l'on va m'accuser d'un acte abominable !
A la cour criminelle où je serai traîné,
A la peine de mort je serai condamné !
Quelle affreuse pensée ! et n'avoir nul indice !
Qui pourrait, de parler, me rendre le service ?

(Cour-Dragon passe dans le fond.)

Messire Cour-Dragon, veuillez donc avancer.

SCÈNE II.

SCHMITT, COUR-DRAGON.

COUR-DRAGON.

Vous êtes tout tremblant ; qu'allez-vous m'annoncer ?

SCHMITT.

Vous allez le savoir : je suis à la torture !
Serait-il arrivé quelque mésaventure
Durant la promenade ?

COUR-DRAGON.

Oui, vraiment ! mais pourquoi ?

SCHMITT.

C'est qu'on a dérobé le chapelet du roi!

COUR-DRAGON.

Que m'apprenez-vous là ? Peut-être à l'apparence
Vous êtes-vous trompé.

SCHMITT.

Longtemps à l'évidence
Je n'ai pas voulu croire ; enfin j'ai dû courber
La tête, et c'est à vous que je viens demander
Conseil en ce moment.

COUR-DRAGON.

Je ne sais que vous dire.

SCHMITT.

Narrez-moi les détails de l'accident, messire.

COUR-DRAGON.

Volontiers. Une mule a jeté Monseigneur
Sur le bord de la route, et, pendant la rumeur
Qui suivit cette chute, un fripon trop habile
Aura...

SCHMITT, *l'interrompant.*

Précisément, rien n'était plus facile.

COUR-DRAGON, *à part.*

Je vois que Monseigneur, quand il est revenu,
Du cadeau qu'il a fait ne l'a pas prévenu ;

Sachons en profiter, c'est une bonne affaire,
Pour en tirer parti, je sais ce qu'il faut faire.

SCHMITT.

Si j'allais ordonner que partout, à l'instant,
On aille publier ce grave événement ?

COUR-DRAGON.

Avant d'ébruiter une telle nouvelle
Laissez-moi réfléchir. Si bien je me rappelle...
Il faudrait éclaircir certains petits soupçons...

SCHMITT.

Que de gloire pour nous, si tous deux nous pouvons
Retrouver le voleur !

COUR-DRAGON.

Si j'ai bonne mémoire,
Je sais quel est l'auteur d'une action si noire.

SCHMITT.

Vous me rendez la vie !

COUR-DRAGON.

Holà ! gardes, venez.

(Un garde paraît.)

Sur-le-champ en ces lieux vous nous amènerez
Le jeune et nouveau garde à la figure pâle.
Vous le rencontrerez près de la grande salle.

(Le garde sort.)

SCHMITT, *réjoui.*

Est-ce encore un témoin ?

COUR-DRAGON.

Oh ! bien mieux qu'un témoin !

C'est le voleur lui-même.

SCHMITT.

Eh quoi ! de ce larcin

C'est l'auteur ?

COUR-DRAGON.

Je le crois ; mais, gardez le silence ;

Celui que je soupçonne est là-bas qui s'avance.

(A part.)

Ah ! mon beau jouvenceau, vous m'avez offensé,

Si de vous répliquer je me suis dispensé,

J'attendais le moment qui pour lors se présente,

Et vous allez payer cette morgue insolente.

SCÈNE III.

LES MÊMES, OLIVIER.

OLIVIER.

Vous m'avez appelé ; que voulez-vous, seigneur ?

SCHMITT, *bas à Cour-Dragon.*

Vous avez deviné, c'est lui le ravisseur.

Regardez à son cou ! c'est lui, c'est le rosaire !

COUR-DRAGON, *à Schmitt.*

Vous reconnaissez donc le susdit reliquaire?

SCHMITT.

Je le reconnaîtrais entre mille, toujours!

OLIVIER.

Pourquoi parlez-vous bas? Qu'est-ce que ces discours?

COUR-DRAGON.

Il s'agit, Olivier, d'une affaire pénible;
Vous êtes accusé d'une action horrible;
Il est, je vous l'avoue, on ne peut plus cruel,
Pour moi qui vous aimais, de vous voir criminel.
Je m'étais laissé prendre à votre bonhomie;
Je regrette aujourd'hui que vous fassiez partie
Des archers de céans.

OLIVIER.

Messire, assurément,
Vous vous méprenez!

SCHMITT.

Oui, faites donc l'innocent!
Ma parole, on croirait que vous êtes victime,
Quand vous portez sur vous la preuve de ce crime!

OLIVIER.

Mais enfin, jusqu'ici, moi, je n'y comprends rien.
Cette accusation, qu'on la précise bien!

Qu'elle tombe devant mon existence pure.

SCHMITT.

Nous allons l'éclaircir d'une façon plus sûre.
Ce collier est à vous ?

OLIVIER.

On m'en a fait présent.

SCHMITT.

Et de qui vous vient-il ?

OLIVIER.

J'ai juré sous serment
De taire ce doux nom.

SCHMITT.

Vous ne voulez rien dire ?

OLIVIER.

Je ne le puis.

SCHMITT, à *Cour-Dragon*.

Fort bien. Qu'en pensez-vous, messire ?

COUR-DRAGON, à *Olivier*.

Malheureux insensé ! répondez franchement,
Vous pourrez éviter un cruel châtiment.

OLIVIER.

Je reste stupéfait de ce qu'on me propose ;
Eh quoi ! vous voudriez, vous qui savez la chose,

Que je sauve mes jours par une lâcheté !
Mon bonheur à ce prix serait trop acheté.

COUR-DRAGON, *ironiquement.*

Songez au désespoir de cette pauvre Hermance !

OLIVIER.

En suivant vos conseils, dans cette circonstance,
Je perdrais son estime, et pas même la mort
Ne pourrait m'effrayer; on se sent toujours fort
Quand on fait son devoir, je veux bien vous l'apprendre;
Mais sur un tel sujet c'est trop longtemps s'étendre.

SCHMITT.

Permettez, car c'est là qu'existe votre erreur.
Ce collier, mon archer, était à Monseigneur;
S'il en eût disposé, ce qui n'est pas probable,
Il me l'aurait fait dire; il est plus vraisemblable
Que c'est le résultat d'une lâche action,
Et que c'est vous l'auteur de la soustraction.

OLIVIER.

Je jure que c'est faux !

SCHMITT.

Prouvez votre innocence,

OLIVIER.

Oui, j'ai pour m'accuser contre moi l'apparence,
Mais je suis innocent !

SCHMITT.

La dénégation

Ne saurait éclaircir cette discussion.

Si vous eussiez parlé, cette pénible affaire

Fût restée entre nous; mais vous voulez vous taire.

Les juges, sur ce point, verront à décider.

Pour vous rendre en prison, veuillez me précéder.

OLIVIER, à *Cour-Dragon.*

Je comprends que sur moi plane votre vengeance...

Soit. J'en appellerai, je vous le dis d'avance,

De l'arrêt qui m'attend; ce sera Monseigneur

Qui se chargera seul de me rendre l'honneur!

Non pas que l'existence ait pour moi de grands charmes,

Depuis le jour fatal où j'ai touché ces armes!

Mon père me légua son respectable nom;

Je veux le porter pur, sans tache et sans soupçon.

COUR-DRAGON.

Parler à Monseigneur! N'y comptez pas, messire;

Vous ne le verrez pas.

OLIVIER.

Que voulez-vous donc dire?

COUR-DRAGON.

Qu'il part en ce moment pour aller loin d'ici

Présider un concile; ainsi, tout est fini.

5.

Pour vous, messire archer, tâchez de vous distraire,
Pensez, s'il vous agrée, à celle que naguère
Vous aimiez tant à voir; c'est une belle enfant,
Aux traits nobles et fins, à l'œil étincelant.

———

TROISIÈME TABLEAU.

Le théâtre représente la place de Grève. Au loin, l'échafaud.

SCÈNE I.

HERMANCE, CATHERINE, UN HOMME DU PEUPLE.

(Au lever du rideau, Hermance est assise sur un banc de pierre adossé à une maison de gauche; Catherine est debout à sa droite, Foule qui circule.

UN HOMME, *à part, regardant Hermance.*

Eh! pardieu, j'aperçois une fille charmante;
Frais et rose minois, la tournure agaçante,
Qui, placée aussi loin ne verra rien du tout.
(Haut, à Hermance.)
La foule, belle enfant, qui circule partout,
Doit vous gêner beaucoup pour bien voir le supplice
Avec tous ses détails. Chez mon ami Simplice,

Qui tient à quelques pas un fort beau cabaret,
Veuillez m'accompagner; de son vin aigrelet,
Trois ou quatre flacons serviront d'intermède !
Que votre bon vouloir devant mon offre cède ?

HERMANCE.

Messire, laissez-moi !

L'HOMME.

Quoi ! faire des façons !
Tenez, prenez mon bras et, sans crainte, avançons.

HERMANCE, avec effroi.

Catherine ! j'ai peur !

CATHERINE, se plaçant entre Hermance et l'homme.

Que voilà bien les hommes !
Ne devinez-vous pas, dans l'état où nous sommes,
Que causer en ces lieux n'est pas de notre goût !
Parler à tout venant ne nous plaît pas du tout ;
Et vous devez bien voir que ma maîtresse Hermance
D'une fille perdue a fort peu l'apparence.

L'HOMME.

Oui, je le reconnais, j'ai commis une erreur ;
Je m'en vais vous quitter, calmez votre frayeur.
Et c'est bien humblement que j'implore ma grâce,
En vous avertissant qu'ailleurs est votre place...

CATHERINE.

Nous n'avons pas désir, en effet, d'y rester.
Tantôt, il nous fallait dans Paris pénétrer ;
Mais, je ne sais comment, par une foule immense,
Le chemin fut barré. La demoiselle Hermance
Et moi dûmes céder, malgré tous nos efforts ;
Pour résister, nos bras n'étaient pas assez forts.
Que veulent donc ces gens qui bravent tout obstacle ?
Attendent-ils ici quelque nouveau spectacle ?
Que va-t-il se passer ?

L'HOMME.

Une exécution.
D'un grand voleur, dit-on, c'est la punition.

(Il remonte.)

HERMANCE.

Ah ! fuyons au plus vite ! évitons cette foule,
Qui prend tant de plaisir à voir le sang qui coule.
Courons chez Monseigneur !

CATHERINE.

Ma foi, je le veux bien ;
Mais quel est le chemin ? Je n'en sais vraiment rien.

HERMANCE.

Ne trouverons-nous pas quelqu'un pour nous l'apprendre ?

CATHERINE.

Cet homme, tout à l'heure, à qui j'ai fait entendre
De parler autrement, saura nous enseigner
Le chemin le plus court qu'il nous faudra gagner.

(A l'homme.)

Dites-nous, s'il vous plaît, quelle rue il faut prendre ?

L'HOMME.

Mais avant tout d'abord, où voulez-vous vous rendre ?

CATHERINE.

Auprès de Monseigneur, prélat de Saint-Germain.

L'HOMME.

Peste ! aucun étranger, je crois, avant demain
Ne pourra pénétrer près de Son Éminence ;
Pas plus d'autres que vous n'obtiendront audience
En un semblable jour, et si vous parvenez
A le voir aujourd'hui, toutes deux, apprenez
Que ce sera, bien sûr, par ruse ou par surprise.

HERMANCE.

Pourtant voici la lettre et la date est précise.

L'HOMME.

La chose assurément ne peut se discuter ;
Mais j'en suis fort surpris, je dois le répéter.

CATHERINE, *à part.*

Le mauvais résultat pour nous dans cette affaire !
 (Haut.)
Et pourquoi le prélat reste-t-il en prière ?

L'HOMME.

Ce fut en son palais qu'on saisit le voleur ;
Voilà bientôt un mois qu'il est chez Monseigneur ;
Il a, dit-on, soustrait un collier magnifique,
Un souvenir du roi, qu'on assure être unique.

HERMANCE, *à part.*

Tous ces rapprochements ne sont pas du hasard
Le bizarre caprice, et je crains, mais trop tard,
De tout comprendre, hélas !

L'HOMME.

     Après pareil esclandre,
Monseigneur aujourd'hui ne voudrait rien entendre.
Quoique l'on ait prouvé la culpabilité,
Un mystère étonnant (c'est la réalité
Que je vous dis ici) plane sur cette affaire.
Le coupable toujours a préféré se taire
Que de sauver ses jours en faisant des aveux.

LA FOULE.

Le voilà ! le voilà !

HERMANCE.

C'est lui! le malheureux!

Je comprends tout enfin. Pourquoi suis-je venue!

(Elle tombe à genoux.)

CATHERINE.

Eh quoi! c'est Olivier qui se montre à ma vue!

L'HOMME.

Comment! vous connaissez messire le voleur?

CATHERINE, montrant Hermance qui pleure.

C'était son fiancé, mais il a trop d'honneur

Pour avoir fait cela. Lui! lui! commettre un crime!

HERMANCE, toujours à genoux.

Daigne me pardonner, innocente victime,

D'assister à ta mort sans pouvoir te sauver!...

Mais, s'il n'a pas parlé, moi je peux leur prouver

(Elle se relève vivement.)

Qu'il ne l'a pas volé!... J'ai la tête perdue!

Et ma voix, dans ce bruit, ne peut être entendue.

SCÈNE II.

LES MÊMES, OLIVIER, COUR-DRAGON, SCHMITT, UN MOINE,
DES ARCHERS.

OLIVIER, apercevant Hermance.

Ciel! Hermance en ces lieux! Quoi! vous voulez, Seigneur,

Me faire encore souffrir cette affreuse douleur?

La montrer à mes yeux, c'est m'enlever la force
Que dans mon cœur navré, de prendre je m'efforce.

HERMANCE, *en larmes.*

Olivier, cher époux, quel funeste destin !
Quand tu reçus, hélas ! ce présent de ma main,
Devais-je te revoir avec cet entourage ?
Malheureux ! dis-leur tout...

COUR-DRAGON, *à part.*

                        Pour conjurer l'orage
Elle arrive à propos, et je perdrais le sens
Ici de les laisser se parler plus longtemps.

LE MOINE, *à Olivier.*

Mon fils, réfléchissez que vous allez paraître
Devant l'éternel Juge et le souverain Maître !
Détachez votre esprit des choses d'ici-bas.

OLIVIER.

Mon père, se peut-il qu'on ne regrette pas
De mourir à vingt ans ! A cet âge, la vie
Se montre à nos regards si belle et si fleurie !

COUR-DRAGON, *à part.*

Je crains qu'elle ne parle... (Haut.) Allons, marchez un peu.

OLIVIER.

Ne pourrai-je adresser un éternel adieu

A celle que mon cœur choisit jadis pour femme ?
C'est la seule faveur que de vous je réclame.

COUR-DRAGON.

Je ne puis l'accorder, il se fait déjà tard,
Et l'exécution ne souffre aucun retard.
Sachez subir encor ce dernier sacrifice.

(Au bourreau.)

Voici le condamné; bourreau, fais ton office.

HERMANCE, *s'agenouillant.*

C'est en vos mains, mon Dieu, qu'est maintenant son sort !
Vous seul ici pouvez le ravir à la mort !

LE MOINE, *renversant son capuchon.*

Suspendez, s'il vous plaît, votre triste service,
Qu'à chacun, à cette heure, il soit rendu justice !

COUR-DRAGON, *à part.*

Monseigneur !... c'en est fait, pour moi tout est perdu !

SCHMITT.

Qu'avez-vous donc, messire ? Ai-je bien entendu ?
Monseigneur vous effraye ?

CATHERINE, *à Hermance.*

Ah ! mon enfant, j'espère
Voir s'éclaircir enfin la trame mensongère
Qui le fit arrêter.

LE PRÉLAT.

Messire Cour-Dragon,
Je viens pour dévoiler l'indigne trahison
Que vous n'avez pas craint d'enfanter dans votre âme;
Et qui, sans ma présence, allait finir en drame.
Vous êtes fort adroit, et vous avez eu soin
De me savoir parti pour un concile, au loin;
Mais survint tout à coup du peuple un manifeste
Nous obligeant de fuir comme devant la peste.
Ayant ouï raconter ce qu'on tramait ici,
Je voulus en avoir la note exacte aussi.
J'endossai ces habits et dans chaque village
Où j'allai je fus pris pour un moine en voyage.
Une fois à Paris, j'entrai dans la prison
Où gisait l'accusé; de ma religion
J'offris le divin aide; Olivier, de son âme
M'avoua les secrets, oui tous, jusqu'à sa flamme.
J'aurais pu dès l'instant dire la vérité,
Mais j'attendis pour voir si la méchanceté
De maître Cour-Dragon devant tant de noblesse
Tomberait à la fin. L'indigne sécheresse
Qui règne dans son cœur ne se démentit pas;
Il l'eût laissé mourir !... Je l'arrache au trépas,

Et je viens proclamer la parfaite innocence
De cet honnête archer.

HERMANCE.

Que de reconnaissance
Je vous dois, ô mon Dieu !

SCHMITT.

Mais pourtant, Monseigneur,
Voyez votre collier, dont il est bien porteur !

LE PRÉLAT.

On vous a trompé, Schmitt, et vous devez me croire ;
Ce rosaire est à lui, c'est son titre de gloire.

SCHMITT.

Il suffit, Monseigneur !

LE PRÉLAT.

Qu'on détache ses mains,
Elles ne doivent pas porter de tels liens.

COUR-DRAGON, à part.

Comment me disculper ? Cela ne se peut guère...
Du prélat je redoute à présent la colère.

OLIVIER.

Libre ! me voilà libre ! et c'est vous, Monseigneur,
Qui venez de me rendre et la vie et l'honneur ?

LE PRÉLAT.

Qu'on aille me quérir cette personne en larmes,
Je veux en quelques mots dissiper ses alarmes
Et que la joie ici remplace la douleur.

SCHMITT, *offrant la main à Hermance.*

Venez, mademoiselle, auprès de Monseigneur.

CATHERINE.

Ma foi, ma chère enfant, je ne m'attendais guère
A voir Son Eminence entrer dans cette affaire !

(Olivier et Hermance s'agenouillent.)

LE PRÉLAT.

Je bénis de vos cœurs la tendre affection ;
Vivez longtemps, heureux d'une sainte union !

(Ils se lèvent.)

SCHMITT.

Je n'en puis revenir, tant grande est ma surprise ;
Je ne me serais pas pardonné ma méprise !
Comme sur un soupçon on se laisse abuser,
Et comme de prudence on ne peut trop user !

OLIVIER, *au prélat.*

Je vous consacrerai toute mon existence,
Et vous jure à jamais respect, obéissance !

LA FOLLE.

Vivat pour Monseigneur !

LE PRÉLAT.

Mes chers enfants, merci !
Mais je dois achever ma tâche par ici.
Et comme, d'un côté, je vous ai fait justice,
Selon ma conscience il faut que je punisse
Le traître Cour-Dragon.

COUR-DRAGON, à part.

Que va-t-il prononcer ?

LE PRÉLAT.

Homme sans loyauté ! je viens vous dénoncer
A la vengeance humaine, et vous prendrez la place
D'Olivier.

SCHMITT, à part.

La terreur se répand sur sa face !

COUR-DRAGON, à part.

Je vais être pendu ! quelle fatalité !

CATHERINE, à part.

Ce cruel châtiment n'est que trop mérité :
J'aurai moins de regrets si c'est lui qui trépasse.

OLIVIER.

Je veux lui pardonner et j'implore sa grâce !

LE PRÉLAT.

Quoi ! vous priez pour lui ?

OLIVIER.

Voyez son repentir ;
Calmez votre couroux et laissez-vous fléchir !

LE PRÉLAT.

Je lui laisse la vie à votre vive instance ;
Mais Dieu le punira ; le crime veut vengeance ;
Qu'il craigne le Seigneur, s'il échappe à la loi !

(A Cour-Dragon.)

Eloignez-vous d'ici, je ne veux près de moi
Que de bons serviteurs, au cœur plein d'innocence.

CATHERINE.

C'est, sur ma foi, bien dit !

LA FOULE.

Vive Son Eminence !

La toile tombe.

WHITE-HALL.

DRAME EN UN ACTE ET EN VERS.

PERSONNAGES.

—

CHARLES Ier, roi d'Angleterre, prisonnier.
CROMWELL, protecteur.
D'HERBLAY, mousquetaire de Louis XIV.
PREMIER SOLDAT.
DAVIS, deuxième soldat.
PARRY, serviteur du roi.
UN GREFFIER, envoyé du Parlement.
HENRIETTE, fille du roi.
LE PRINCE, frère d'Henriette.

WHITE-HALL.

DRAME EN UN ACTE ET EN VERS.

La scène représente une pièce de White-Hall, porte au fond, fenêtre grillée à droite ; du même côté, une table. Siéges à gauche ; aux murs sont accrochés les portraits des aïeux du roi.

SCÈNE I.

PREMIER SOLDAT, DEUXIÈME SOLDAT, jouant aux dés.

PREMIER SOLDAT.

Décidément, Davis, la fortune aujourd'hui,
Sourde à tous vos appels, vous ôte son appui !

DEUXIÈME SOLDAT.

Je n'ai pas pu lasser cette mauvaise chance ;
Encore un coup !

(Il jette les dés.)

Dix-sept ! ah ! j'ai bonne espérance !

A votre tour !

6

PREMIER SOLDAT, *jetant les dés.*

Dix-huit ! encor un coup perdu.

DEUXIÈME SOLDAT.

C'est assez. Calculons combien il vous est dû.

PREMIER SOLDAT.

C'est dix pences alors qu'il faut que l'on me paye.

DEUXIÈME SOLDAT, *donnant de l'argent.*

Tenez, voici la somme.

PREMIER SOLDAT.

Au loin cette monnaie !

Je ne veux pas d'argent frappé sous le Stuart.

DEUXIÈME SOLDAT.

Je n'ai que celui-là.

PREMIER SOLDAT.

Ce sera pour plus tard !

Je n'en ai pas besoin et peux fort bien attendre.

DEUXIÈME SOLDAT.

Quoique d'un ennemi, pourquoi ne pas le prendre ?

C'est pousser un peu loin la haine et le mépris.

PREMIER SOLDAT.

Mais, mon Dieu, gardez-le, si tel est votre avis.

Pour moi, c'est différent ; je pense le contraire.

Il n'a jamais jeté qu'un éclat éphémère ;

Stuart a gouverné : beau mérite, ma foi,
Puisque, par sa faiblesse il n'a pu rester roi !...
La première vertu d'un roi, c'est la clémence.
L'a-t-il donc observée en sa toute-puissance ?

DEUXIÈME SOLDAT.

Si Charles n'a pas su casser le jugement
Qui condamnait Strafford, c'est un égarement
Qu'il faut lui pardonner. Maintenant il expie
Cette fatale erreur, la seule de sa vie.

PREMIER SOLDAT.

Strafford ! ce nom doit être une ombre pour ses jours !...
Dans ses nuits sans sommeil, il doit revoir toujours
Ce fantôme sanglant ! Le remords le déchire,
Sa main tremble et frémit !...

DEUXIÈME SOLDAT.

C'est un affreux martyre !

PREMIER SOLDAT.

A tel crime, Davis, telle punition !
Il faut au peuple anglais la réparation
Du sang qui fut versé !

DEUXIÈME SOLDAT.

Les juges vont peut-être
Exiler pour jamais celui qui fut leur maître,
Ou de la liberté le priver à jamais.

PREMIER SOLDAT.

Non, non ! Ce n'est pas là ce qu'il faut aux Anglais !
On revient de l'exil, et quelque impénétrable
Que puisse être un cachot, un homme infatigable
Trouve toujours moyen d'en sortir tôt ou tard !
Il faudrait de nouveau combattre le Stuart !
Un ennemi toujours doit inspirer des craintes,
Tant qu'il reste vivant. Ses souffrances, ses plaintes,
Ne m'attendriraient point ; et croyez bien que moi,
Je n'hésiterais pas à condamner le roi
Par la hache à périr !

SCÈNE II.

LES MÊMES, PARRY. (Il a entendu les derniers mots.)

PARRY, *furieux*.
                Taisez-vous, misérable !
Votre parole est lâche ; elle est abominable !
Si nul bon sentiment n'existe en votre cœur,
Ne croyez pas que tous soient dépourvus d'honneur,
Et viennent insulter un homme sans défense !

PREMIER SOLDAT.

Mais, quel pouvoir a-t-il ? Lui dois-je obéissance ?

PARRY, *ironiquement et avec mépris.*

Ce n'est donc pas au roi que vous obéissez,
C'est à la royauté! Quand se sont effacés
Tous ces vains ornements, hochets qu'un prince trouve
En son berceau doré, votre cœur froid n'éprouve
Plus le moindre respect. Peu vous importe encor
Qu'on vive ou qu'on succombe! On vous donne de l'or;
Vive la main qui paye! On dit qu'elle est souillée;
Pour cela, la monnaie est-elle donc rouillée?
Si Cromwell se trouvait en disgrâce à son tour,
Vous lui feriez souffrir mille affronts en retour.

PREMIER SOLDAT.

Cromwell ne le craint pas; c'est Dieu qui le conseille!

PARRY.

C'est une ambition à nulle autre pareille!
Trop faible par lui-même, il cherche, en vous flattant,
A monter au pouvoir, et réussit, vraiment!
Mais, lorsque de brasseur, grâce à sa vile intrigue,
Il sera parvenu jusqu'à ce rang qu'il brigue,
Vous imaginez-vous qu'il se rappellera
L'appui qu'il vous doit? Non. Il vous écrasera
De son autorité. Pour cela, je l'approuve,
Lâche est la nation qui vend son roi! Je trouve

6.

Que même celui-là pour qui c'est un bonheur
Doit faire repentir ces hommes sans pudeur
Qui font tout pour l'argent.

PREMIER SOLDAT.

    Trop aigri par la haine,
Vous diffamez Cromwell !

PARRY.

    Un roi que l'on enchaîne
Est doublement sacré. Méritant le respect,
Parce qu'il est tombé. Chacun, à son aspect,
Qu'il soit pauvre ou puissant, s'il a l'âme loyale
Honorera bien plus l'infortune royale
Qu'un monarque en faveur, s'il préfère ici-bas
Son devoir aux honneurs, s'il ne redoute pas
La disgrâce des grands, si de sa conscience
Le témoignage seul est pour son existence
Un garant de bonheur !

DEUXIÈME SOLDAT, *au premier soldat.*

    Ce qu'il dit est fort bien ;
Vous demeurez confus et ne répondez rien ?

PREMIER SOLDAT.

Son ton est bien hardi ; mais, dans peu, je l'espère,
Cet homme n'aura pas la parole si fière !

PARRY.

Taisez-vous ou sinon!... Mais, sortez, le voici!

(Les soldats sortent.)

Moi seul, son serviteur, je dois rester ici.

SCÈNE III.

PARRY, puis CHARLES 1er.

PARRY.

Quel ignoble défaut que cette ingratitude
Qui guide et fait agir la vile multitude!
Pour une erreur funeste, on ne se souvient plus
Que vous étiez doué des plus nobles vertus!...
Calmons cette douleur! Il faut avec adresse
Dissimuler au roi le trouble qui m'oppresse!

CHARLES 1er, *entrant.*

Tu parais agité... qu'as-tu, fidèle ami?

PARRY, *embarrassé.*

C'était la crainte... mais... vous voilà, c'est fini.

CHARLES 1er.

Ton âme est, bon Parry, généreuse et sublime;
Tu ne veux pas quitter une pauvre victime!

Comment récompenser ta sainte affection ?
Je ne puis rien pour toi, dans ma position :
Je me suis trouvé seul en perdant la couronne ;
Depuis ce jour, hélas ! le monde m'abandonne.

PARRY.

Vos paroles, mon roi, me déchirent le cœur !
Quand j'ai sollicité la suprême faveur
De vous suivre à White-Hall, avais-je l'espérance
De recevoir de vous la moindre récompense ?
Non ; ma fidélité n'est pas de l'intérêt,
Et d'un tel sentiment j'aurais trop de regret ;
Je ne suis pas de ceux pour qui le diadème
Seul, est à respecter. Moi, c'est le roi que j'aime !
Croyez bien que voilà ce que j'avais pensé.

CHARLES 1er.

Ami, pardonne-moi de t'avoir offensé.
Un aussi noble trait ne peut sur cette terre
Trouver de récompense, et Dieu saura la faire
Mieux que nul ici-bas ; et si j'ai consenti
A recevoir tes soins, c'est que j'ai pressenti
Que ta présence aurait une courte durée !

PARRY.

Quoi donc fait naître en vous une semblable idée ?

CHARLES Ier.

Je me suis présenté pour la dernière fois
Devant mon tribunal. En ce moment, aux voix
Se décide mon sort ; on viendra dans une heure
Me le dire, et je sais qu'il faudra que je meure !

PARRY, *avec terreur*.

Mourir ! C'est impossible ! Ils ne l'oseront pas ?

CHARLES Ier.

Qui les arrêterait ? Cromwell de mon trépas
A fortement besoin ; au but qu'il se propose
Il ne peut arriver que si mon sang arrose
L'échafaud !

PARRY.

Que ce trône usurpé lâchement
Devienne chaque jour un sujet de tourment
Pour cet homme sans cœur, que rien, hélas ! ne touche.

CHARLES Ier.

Comment de tels accents sortent-ils de ta bouche ?
Imite-moi plutôt, et montre-toi plus doux,
Il ne mérite pas d'exciter ton courroux !
Mon sort me paraît beau, car, en perdant la vie,
J'espère aller au ciel, cette chère patrie
Où règne sans partage un éternel bonheur !...
Une seule pensée attriste ici mon cœur.

De mes pauvres enfants le destin m'inquiète!
Quand du bourreau le glaive aura tranché ma tête,
Seront-ils, comme moi, proscrits et malheureux?
Si l'on me croit coupable, ils sont innocents, eux !
Voilà, mon bon Parry, les cruelles alarmes
Qui sans cesse me font verser d'amères larmes.

PARRY.

De grâce, dissipez de semblables chagrins !
Le ciel protégera vos enfants orphelins,
Il saura détourner le coup qui les menace ;
A chacun d'eux sur terre il marquera sa place.

CHARLES 1er.

Puisses-tu, cher Parry, dire la vérité!
Qu'ils goûtent le bonheur ! Ils l'ont bien mérité!
Moi, je garde le fiel.

DEUXIÈME SOLDAT, entrant.

Sire, bonne espérance !
Le saint prélat Juxon demande avec instance
A vous voir un moment.

CHARLES 1er.

Fais-le venir, Davis,
Jamais je n'eus autant besoin de ses avis !

(D'Herblay entre, Davis sort.)

SCÈNE IV.

Les mêmes, D'HERBLAY, le visage caché par son manteau.

CHARLES 1er

Venez vite, Juxon, prélat que je révère,
Exercer près de moi votre saint ministère ;
(A Parry, qui pleure.)
Ne pleure pas, Parry ; c'est Dieu qui vient à nous !

D'HERBLAY, écartant son manteau.

Maintenant que je sais quel homme est avec vous,
J'écarte ces habits et puis alors vous dire
Qui je suis et pourquoi je me présente, sire !

CHARLES 1er.

Qu'entends-je ? Cette voix... mais oui, je la connais,
C'est celle d'un ami qu'en ingrat j'oubliais !
Le chevalier d'Herblay ! j'avais cru reconnaître
Votre organe déjà, lorsque, parlant en maître,
Il osa réprimer devant le Parlement
Un pauvre malheureux, qui de boue emplissant
Sa main, me la jeta sur la face.

PARRY.

                                    Eh quoi ! sire,
Une telle infamie ! Ah ! quel affreux délire !

D'HERBLAY.

C'était moi-même, sire, et ce bandit est mort.
Je ne m'en repens pas ; il méritait ce sort.

CHARLES Ier.

Je lui pardonne, hélas !

PARRY.

Moi, je crie anathème !

D'HERBLAY.

Je viens pour vous offrir, en ce moment suprême,
Un rayon d'espérance... Expliquons-nous plus bas.
Il importe beaucoup qu'on ne nous trouble pas.

CHARLES Ier.

J'ai peine à contenir l'étonnement extrême
Où vient de me jeter l'habile stratagème
Que vous avez su prendre afin de pénétrer
Jusque dans ma prison.

D'HERBLAY.

Sire, c'est se montrer
Trop bienveillant pour moi !...Le temps vole et nous presse.
Apprenez donc d'abord ce qui nous intéresse :
Il est quatre Français, depuis longtemps amis,
Qui, d'un commun accord, se sont juré, promis,
De vous sauver d'ici. Pour quitter l'Angleterre
Un vaisseau vous attend, qui, loin de cette terre,

Doit vous offrir, en France, un sol hospitalier.

CHARLES Ier.

Parmi ces cœurs aimants, le vôtre est le premier.
Le comte de La Fère, à la noble et digne âme,
Se dessine après vous. Puis, la brillante lame
De monsieur d'Artagnan, le valeureux Gascon.
Enfin, en dernier lieu, votre ami du Vallon,
Mais, si le Parlement ordonne mon supplice,
Demain, sans nul retard, l'arrêt de la justice
Aura suivi son cours !

D'HERBLAY.

Dans leur aveuglement,
Qu'ils dressent de la mort le fatal instrument,
Tout n'est pas terminé ! de la coupe à la bouche
Il y a loin, dit-on. Que le soleil se couche,
Et par nous le bourreau sera bientôt séduit.
Quand le fait sera su, l'on se verra réduit
A retarder d'un jour l'action infamante
Qui jette à l'Angleterre une marque sanglante !

CHARLES Ier.

J'admets que le bourreau disparaisse aujourd'hui,
Ne voyez-vous donc pas se dresser après lui
Son aide, qui prendra certainement sa place,
Et qui, soyez-en sûr, ne me ferait pas grâce ?

7

D'HERBLAY.

Sans doute ; mais le Ciel protége évidemmient
Ce que l'on fait pour vous ; blessé par accident
(Circonstance qu'hier le hasard fit connaître),
Il n'est pas en état de remplacer son maître.

CHARLES 1er.

D'ailleurs, qu'est-ce qu'un jour !

D'HERBLAY.

               C'est peu, mais c'est assez.
On peut faire, en un jour, plus que vous ne pensez !

CHARLES 1er.

Le fait est que de vous il n'est rien qui m'étonne,
Et pour vous égaler, je n'ai connu personne.
Enfin apprenez-moi de quel heureux moyen
Vous comptez vous servir ; car, il ne faut qu'un rien
Pour arrêter soudain le cours de l'entreprise !

D'HERBLAY.

Notre marche, mon prince, est encor indécise.

CHARLES 1er.

Vous voulez me sauver et n'avez pas de plan ?

D'HERBLAY.

Le plus fin de nous tous (j'ai nommé d'Artagnan),
M'a dit à mon départ : « Si, grâce à votre adresse,
« Près de Sa Majesté pénétrer on vous laisse.

« Vous pourrez bien lui dire, Aramis, de ma part,
« Qu'à dix heures du soir, demain, sans nul retard,
« En paix il voguera vers notre belle France. »
Et pour oser parler avec cette assurance,
C'est qu'il sait réussir.

PARRY.

Messieurs, soyez bénis
Pour ce que vous tentez, admirables amis !
Il est beau de lutter, comme dans cette affaire,
Contre la volonté d'un peuple sanguinaire !
Anglais! est-ce bien là votre beau dévoûment !
Qu'en avez-vous donc fait en cet horrible instant ?
Il tremble, n'est-ce pas? Il a peur, il se cache !
Nation pervertie! ô foule ingrate et lâche !

D'HERBLAY.

Maintenant, gardez-bien ce précieux secret.
A partir d'aujourd'hui, tenez-vous toujours prêt.
J'ai foi dans nos efforts et dans l'aide céleste ;
J'ai foi dans votre étoile; espérez, car j'atteste
Que tout est favorable ; enfin, souvenez-vous
Qu'un signe, un geste, un mot, venant de l'un de nous,
Pour tout autre que nous sans la moindre importance,
Devra vous avertir que le moment s'avance,
Que tout se trouve prêt pour votre évasion.

CHARLES 1er.

Dieu veuille, chevalier, que nulle illusion
Ne vous trouble aujourd'hui ! je crains vraiment qu'on rêve
Tout ceci ne se passe, et que soudain s'enlève
Cet espoir de bonheur, quand viendra le réveil.

PARRY, *joyeux*.

Non sire, ce n'est pas un effet du sommeil !
C'est la réalité, l'espérance, la vie,
C'est une heureuse paix dans une autre patrie.

CHARLES 1er.

Je vous crois tous les deux, et je sens en mon cœur
Pénétrer à son tour votre entraînante ardeur.
Si vous réussissez, (doux espoir de mon âme !)
Vos bras conserveront un époux à sa femme,
Un père à ses enfants ; je ne vous dirai pas
Un monarque à son trône ! Aperçu de si bas
Il perd tout son prestige, et l'on ne tient plus guère
A reprendre un pouvoir qui fut trop éphémère !

PARRY.

Plus bas, si... quelqu'un s'avance par ici ;
Devant nous seulement exprimez-vous ainsi.

CHARLES 1er.

Amis, à mes gardiens il a semblé peut-être
Que ma confession, plus qu'on ne doit permettre,

S'est prolongée!... on vient!... C'est pour nous séparer !

(D'Herblay cache son visage.)

DEUXIÈME SOLDAT, *entrant.*

Sire, pardonnez-moi cette façon d'entrer...
A votre intention, le Parlement dépêche
Un messager pressé.

CHARLES Ier.

Qu'il entre, rien n'empêche.

SCÈNE V.

LES MÊMES, UN GREFFIER.

LE GREFFIER.

Sire, le Parlement vient de se prononcer ;
C'est son arrêt qu'ici je viens vous annoncer.
C'est pour moi, je l'atteste, un triste ministère,
Mais la loi, vous savez, est strictement sévère.

CHARLES Ier.

Votre début, monsieur, m'indique assez mon sort ;
Quel qu'il soit, je l'attends ! vous voyez, je suis fort !
Faites votre devoir. Parlez ; je vous écoute.

PARRY, *à part.*

Grand Dieu ! Que va-t-il dire ? hélas ! je le redoute !

LE GREFFIER.

Sire, vous connaissez votre accusation ?
Les chefs en sont le meurtre et votre oppression
Envers tous vos sujets.

PARRY, à part.

Est-il vraiment possible,
En entendant cela, de rester impassible ?

LE GREFFIER.

Après mûr examen de chacun de ces faits,
Le Parlement a dit que pour de tels forfaits
Il fallait prononcer la peine capitale.

CHARLES Ier.

Cette punition est du moins radicale,
Et je n'ai qu'à courber le front devant la loi.

PARRY, à part.

Les monstres n'ont pas eu de pitié pour leur roi !

D'HERBLAY, à part.

Il est à présumer plutôt que la sentence
Fut par maître Cromwell envoyée à l'avance ;
Mais, pour sauvegarder l'honneur du Parlement,
On simule un procès, on dicte un jugement !

LE GREFFIER.

Si vous croyez avoir quelque sujet de plainte
Sur le présent arrêt, veuillez, sans nulle crainte,

M'exposer vos griefs, et très-fidèlement
Je les rapporterai de suite au Parlement.

PARRY.

Par ces mots, l'espérance à mon cœur est rendue ;
La voix de la raison ne peut être perdue !
De cet arrêt, il faut, sire, en rappeler ?

CHARLES 1er.

                                Non.

A quoi sert de parler ? Que dirais-je, sinon
Que je meurs innocent de ce dont on m'accuse ?
On ne me croira pas ; on dira qu'à la ruse
Et qu'au mensonge en vain je demande secours
Pour sauver à tout prix quelques malheureux jours !
J'accepte mon arrêt ; que mon sort s'accomplisse.
Avec calme j'attends l'heure de mon supplice.
Je ne veux demander qu'une indication.

LE GREFFIER.

Parlez ; je répondrai.

CHARLES 1er.

De l'exécution
A-t-on fixé le jour ?

LE GREFFIER.

C'est demain matin, sire.

D'HERBLAY, *à part.*

Comment ! demain matin ? Cela voudrait donc dire
Qu'ils n'ont pas réussi ! Pourtant, ils étaient trois !...

CHARLES Ier.

Est-ce l'exécuteur ordinaire des lois
Qui tranchera ma tête ?

LE GREFFIER.

Il aurait dû le faire ;
Mais, pour le prévenir, celui qu'en émissaire
On avait envoyé revint, en annonçant
Qu'il était disparu, sans qu'on sache comment.
Que restait-il à faire en cette circonstance ?
Aller jusqu'à Bristol ? Mais, quelque diligence
Qu'on y mît, on était dans l'obligation
De retarder d'un jour... votre exécution.
On hésitait encor... Un homme se présente,
Le visage masqué, la barbe grisonnante ;
Il venait proposer de remplacer demain
Celui que dans la ville on chercherait en vain.
« Je ne suis pas, dit-il, bourreau de ma nature ;
« Mais votre roi m'a fait une mortelle injure !
« Pour lui donner la mort, ferme sera mon bras ;
« Plein de haine et de fiel, je ne faiblirai pas ! »

De suite on accepta, sans sonder le mystère,
Remettant le supplice à son heure première.

CHARLES Ier.

Et m'accordera-t-on l'ineffable bonheur
De recevoir ici, de presser sur mon cœur
Mes enfants, que je laisse à peu près seuls au monde,
Sans soutien, au milieu de l'orage qui gronde?

LE GREFFIER.

La princesse Henriette et le duc, vos enfants,
A l'avance avertis, viendront dans peu d'instants;
Vous pourrez les garder durant cette journée...
Maintenant que je crois ma tâche terminée,
Sire, permettez-moi de rompre l'entretien
Et de me retirer.

CHARLES Ier.

C'est bien, monsieur, c'est bien.
Je ne vous retiens plus; et que la Providence
Vous protége toujours de sa toute-puissance!
Rentrez au Parlement; demain, je serai prêt.

(Le greffier sort en saluant respectueusement.)

SCENE VI.

CHARLES Ier, D'HERBLAY, PARRY.

(Parry, tombé sur un siége à gauche, tient son visage entre ses mains,
D'Herblay, en apparence tranquille, contient une violente émotion ;
il est appuyé sur la table à droite. Après la sortie du greffier, le roi
va frapper sur l'épaule du chevalier et lui dit) :

CHARLES Ier.

Dieu ne l'a pas voulu ; respectons son décret !

D'HERBLAY.

Contre cet inconnu se brise notre ouvrage !
Oh ! malédiction !

CHARLES Ier.

Mon ami, du courage !

D'HERBLAY.

Cet assassin maudit, je le découvrirai,
Si bien caché qu'il soit, et je vous vengerai,
Puisqu'il n'est plus permis à votre délivrance
De songer désormais !

CHARLES Ier.

C'est à la Providence
Qu'un jour appartiendra le soin de le punir.
Mais ce long entretien doit à présent finir ;
Il pourrait exciter les soupçons de mes gardes ;
En me quittant, d'Herblay, tenez-vous sur vos gardes !

D'HERBLAY.

Ils n'arriveront pas jusqu'à me soupçonner !
Dans tous les cas j'ai dû me précautionner ;
Sous ces habits je porte une cotte de maille ;
A l'aide de cela, je les brave et les raille.

CHARLES Ier.

Avant de nous quitter, recevez cet anneau,
Que ne doit pas souiller la main de mon bourreau !
D'une union chérie il fut le premier gage ;
Dans ma captivité, soutenant mon courage,
Il était pour mon cœur un souvenir bien doux
De mes jours de bonheur disparus loin de nous !
·Vous-même vous irez le porter à la reine,
Cette pauvre princesse étrangère à la haine !
Dites-lui mes regrets, ma douleur ! dites-lui
Qu'elle est seule à présent, sans guide, sans appui,
Si ce n'est le Seigneur !

D'HERBLAY.

        Sire, il n'est pas d'obstacle
Qui puisse m'arrêter ; et sans me dire oracle,
Je crois qu'à ma parole on peut ajouter foi.
La mort seule pourrait m'empêcher, ô grand roi,
D'exécuter cet ordre ; et si Dieu prête vie
Au chevalier d'Herblay, sitôt dans ma patrie,

La reine recevra ce précieux dépôt.

CHARLES 1er.

Je souhaite ardemment que cela soit bientôt.

D'HERBLAY, *se jetant à genoux.*

Adieu donc, Majesté deux fois sainte et martyre !

CHARLES 1er, *le relevant et lui tendant les bras.*

Dans mes bras, chevalier, sur mon cœur !

D'HERBLAY, *suffoqué.*

Adieu, sire !

(Il sort.)

CHARLES 1er.

J'ai besoin d'être seul ; Parry, retire-toi ;
Tu reprendras bientôt ton poste près de moi !

(Parry sort.)

SCÈNE VII.

CHARLES 1er, *il s'assied et songe.*

C'en est fait, et la mort va dégager mon âme
Des terrestres liens, et d'une sainte flamme
Brûlant en ce moment, elle attend le trépas !
O mort, tu peux venir, tu ne m'effrayes pas !
Le méchant seul frémit devant la Providence
Pour qui rien n'est caché dans notre conscience,

Et la mienne est tranquille. O vous tous, mes aïeux,
Ici qui m'entourez et qui des bienheureux
Habitez le séjour, le plus pur des refuges,
Ecoutez mes aveux et devenez mes juges
En ce suprême instant. En condamnant à mort
Un de mes serviteurs, l'infortuné Strafford,
Ai-je donc agi mal? Etait-ce un acte injuste?
Fallait-il imiter la clémence d'Auguste
Pardonnant à Cinna? De ma part, c'eût été
Une extrême faiblesse et de la lâcheté!
Brave et fier Buckingham, tu fus aussi victime
De ce peuple insensé qui m'accuse d'un crime!...
Au comble des honneurs, le fer d'un assassin
A terminé tes jours! J'ai bien puni la main
Qui tenait le poignard, mais le traître invisible
Qui le guidait dans l'ombre, il me fut impossible
D'appeler contre lui les rigueurs de la loi,
Car son nom fut toujours un mystère pour moi!...

(Ecoutant.)

. . . .

On vient encor! Ce sont mes chers enfants peut-être!...
... Non; c'est un pas trop lourd... qui donc ça peut-il être?

SCÈNE VIII.

CHARLES Ier, CROMWELL, enveloppé d'un large manteau,
sortant d'une porte secrète.

CHARLES Ier.

Vous qui savez si bien, sous les plis d'un manteau,
Cacher votre visage, êtes-vous le bourreau?

CROMWELL, *se découvrant.*

Sire, regardez-moi !

CHARLES Ier.

Cromwell en ma présence!
Venez-vous pour doubler l'horreur de ma souffrance?
Venez-vous me prouver que je suis sans pouvoir,
Tout à votre merci?

CROMWELL.

Comme vous l'allez voir,
Ma démarche, mon roi, ne vous est pas hostile.

CHARLES Ier.

La chose cependant me paraît difficile.

CROMWELL.

Mon Dieu ! tout ceci vient de la fatalité !
Vos sujets, mécontents de votre autorité,
M'ont choisi pour leur chef et m'ont mis à leur tête;
Si, poussé de la sorte, en chemin je m'arrête,

Si d'un pas je recule, alors malheur à moi !
Pourtant je ne veux pas que la mort de mon roi
Serve de marchepied pour arriver au trône!
On m'offrirait en vain, à ce prix, la couronne !
Celui qui sur un corps s'élève au premier rang
Doit craindre quelquefois de glisser dans le sang...

. . . .

La porte du salut devant vous est ouverte!

CHARLES 1ᵉʳ.

Je ne vous comprends pas.

CROMWELL.

Par moi vous est offerte
Entière liberté !

{CHARLES 1ᵉʳ.

L'ai-je bien entendu ?
A moi la liberté ! le trône m'est rendu !

CROMWELL.

Vous avez mal compris mes intentions, sire,
Et je vais achever ce que je voulais dire :
Vous sortirez d'ici, mais sous condition.

CHARLES 1ᵉʳ.

Qu'exigez-vous ? Parlez !

CROMWELL.

Une donation
Du trône en ma faveur.

CHARLES 1er.

Voyez mon innocence !
Je croyais, pauvre fou ! que votre conscience
Vous faisait seule agir ! J'étais bien insensé,
Bien simple, n'est-ce pas, de n'avoir pas pensé
Qu'un motif politique était, dans ma cellule,
Le guide de vos pas ! Mais, la démarche est nulle.
Vous craignez que le peuple, une fois satisfait,
Ne se rappelant plus ce que vous avez fait,
Vous éloigne et se donne un étranger pour maître ;
Vous voulez un écrit qui fasse disparaître
Toute rivalité ?

CROMWELL.

Bref, sire, acceptez-vous ?

CHARLES 1er.

Je refuse ! Il n'est rien de commun entre nous.
Comment pourrais-je vivre en portant un visage
Par la honte marqué de son affreuse image ?
Et pourrais-je aborder mes enfants sans rougir,
Mes enfants, dont ainsi je verrais l'avenir
Par moi-même brisé ! Ce pacte est impossible.

CROMWELL.

En y réfléchissant, on le trouve admissible ;
L'avenir ainsi fait, j'en ai le ferme espoir,
Avant la fin du jour vous paraîtra moins noir !

CHARLES Ier.

J'ai dit mon dernier mot ; il est irrévocable.

CROMWELL.

Puisque je ne peux pas vous trouver raisonnable,
Je quitte la partie et vous laisse à la mort ;
Mais n'accusez que vous de votre triste sort.

CHARLES Ier.

On verra qui des deux aura peur au supplice,
De celui que demain on traîne sans justice,
Ou de celui qui doit, dans ce triste séjour,
Faire tomber ma tête en ce funeste jour !

(Cromwell sort.)

SCÈNE IX.

CHARLES Ier, puis PARRY, HENRIETTE et son frère.

CHARLES Ier.

Ah ! comme je voudrais en ce moment entendre
De mes pauvres enfants la voix suave et tendre !

Ils sont encor dans l'âge où la naïveté
Ignore ce qu'on doit à la postérité,
Le mensonge n'a pas taché leur bouche pure!...
Mais ils viennent, je crois; j'entends comme un murmure
De pleurs et de sanglots!

PARRY *entre et dit aux enfants.*

Silence ! le voilà !

(Henriette et son frère restent au fond ; Parry s'approche du roi.)

PARRY.

Sire, tournez les yeux ! vos deux enfants sont là !

CHARLES 1er, *à part.*

Mes enfants ! ah ! mon Dieu ! donnez-moi du courage !
La force m'abandonne à leur vue, un nuage
Obscurcit mon regard et m'ôte la clarté ;
Que vous me coûtez cher, fatale royauté !

. . . .

Il me faut leur cacher mes soupirs et mes larmes !

(Les regardant.)

Pauvres enfants chéris ! qu'ils sont beaux ! que de charmes
Parent leurs nobles fronts ! C'est la dernière fois
Que je vais leur parler, que j'entendrai leur voix !
Pour héritage, hélas ! ils auront la souffrance !
Elle remplacera les doux jeux de l'enfance.

. . . .

(A Henriette.)

Approchez, mon enfant, et vous aussi mon fils,
Venez tout près de moi, sur mes genoux assis,
Je vous verrai bien mieux. Henriette, ma fille,
Pour votre père au ciel une couronne brille!
Je m'en vais vous quitter!

HENRIETTE, pleurant.

        Mon père! est-il donc vrai
Qu'il n'est aucun espoir, qu'il n'est aucun délai?

CHARLES 1er.

Tout est fini pour moi! d'un trop malheureux père
Rappelez-vous toujours les conseils, la prière.
Aimez et servez Dieu! que votre piété
Vous aide à supporter la dure adversité!
A votre mère il faut les soins de la tendresse;
Il faut que votre amour allége sa tristesse!
Résignez-vous, afin que ce calice amer
Vous trouve sans murmure, et si je vous suis cher,
Vous sécherez vos pleurs!

HENRIETTE.

        Oh! non, c'est impossible!
A votre affreux malheur, moi, rester insensible!
J'en atteste le Ciel, pour racheter vos jours,
Oui, je voudrais mourir!... Je le sens là, toujours

Ce souvenir cruel assombrira ma vie !
Tout bonheur s'enfuira ; je serai poursuivie
Par des songes de mort !

CHARLES Ier.

         Votre sainte douleur
Afflige ma raison, me déchire le cœur !
Calmez-vous, mon enfant ; croyez, chère Henriette,
Qu'un père ne saurait, pour conserver sa tête,
Accepter qu'un enfant se dévoue à la mort !
Je crois à votre amour.

      (Il continue, en s'adressant à son fils.)

         Mon fils, puisque le sort
Veut que dans peu d'instants vous n'ayez plus de père,
Il vous faut écouter mes avis : L'Angleterre
Un jour regrettera le sang qu'on va verser ;
Sur le trône peut-être on voudra vous placer.
Mais, j'exige de vous le serment que ce trône
Vous le refuserez, mon fils, car la couronne
De vos frères d'abord devra ceindre le front ;
Du pays c'est la loi ; vous le savez, ils sont
Sur la terre étrangère ! Henri, pas de faiblesse,
Jurez de refuser, sans regret, sans tristesse.

HENRI.

Oui, sire, je le jure, et mes frères absents
Régneront avant moi !

CHARLES 1er.

Bien !

HENRIETTE.

Sire, vos enfants
Ne peuvent que gémir et pleurer !

CHARLES 1er.

Tout s'apaise.
Vous avez pour soutien une mère française,
Chérissez-la toujours ! Portez-lui ce baiser
Que vous donne un mourant ! Je ne puis déguiser
Le trouble douloureux qui vient briser mon âme,
En vous pressant tous deux dans mes bras.

HENRIETTE, *inspirée.*

Une femme,
Une fille qui vient, d'une timide voix,
Pour son père, implorer la clémence des lois,
Se ferait écouter ?... Je crois que ma prière
De vos juges cruels éteindrait la colère !
Je cours au tribunal !...

(Elle veut sortir, Charles la retient.)

Ah ! ne m'arrêtez pas !
Ils casseront l'arrêt ! n'enchaînez point mes pas !
On doit tout accorder à la fille qui pleure !
Je sauverai mon roi ! je ne veux pas qu'il meure !

CHARLES 1er.

N'espérez plus, ma fille, il me faut dire adieu
A tout ce que j'aimais, pour ne penser qu'à Dieu !

(On entend un bruit de marteau.)

. . . .

Entendez-vous ces bruits ? c'est l'échafaud qu'on dresse,
Ma fille, en cette enceinte. Ainsi, pas de faiblesse ;
Laissez mourir un roi par chacun dédaigné,
Qui paye avec son sang le temps qu'il a régné !

HENRIETTE.

O mon père ! ô mon roi ! je sens que le courage
Abandonne mon âme, et que votre langage
Si touchant et si noble en ces tristes instants,
Augmente, malgré moi, la douleur que je sens.

(Même bruit.)

. . . .

Toujours, toujours ce bruit qui, lugubre, résonne !
A chacun de ses coups, je tressaille et frissonne,
Comme si le marteau retombait sur mon cœur
Et me causait soudain la plus vive douleur.

PARRY, *à part.*

Hélas! cette entrevue a brisé tout mon être;
Je suis anéanti! mon digne, mon cher maître!

CHARLES 1er.

Ma fille, c'est la mort qui s'apprête pour moi,
Je l'attends sans frémir, dans le Seigneur j'ai foi.
Bientôt vous entendrez sonner ma dernière heure!
Mettez-vous à genoux... C'est pour vous que je pleure,
Chers enfants, promettez d'être toujours unis!
Que le Ciel vous protége! et moi, je vous bénis!
Priez pour votre père en ce moment suprême...
Il est si douloureux de quitter ce qu'on aime!
Enfin, pour mériter un éternel repos,
Je veux mourir en prince, en chrétien, en héros!

(La toile baisse.)

LE PRÉVOT DES MARCHANDS

DRAME EN UN ACTE.

8

PERSONNAGES.

—

FRANÇOIS, comte d'Angoulême.
PIED DE FER, prévôt des marchands.
PICOLET, jeune apprenti.
BELLEHUMEUR, employé du prévôt.
CLÉMENT MAROT, ami du comte.
MARIE, mercière au pont Notre-Dame.
TOINETTE, suivante de Marie.

LE PRÉVOT DES MARCHANDS

DRAME EN UN ACTE.

La scène représente une perspective des quais sous Louis XII. A droite, les premières marches du pont ; plus loin, un escalier descendant à la rivière. Au premier plan, la maison du prévôt.

SCÈNE I.

BELLEHUMEUR, TOINETTE.

BELLEHUMEUR, *assis*, *regardant Toinette qui descend.*
Je ne me trompe pas, c'est la belle Toinette
Qui vient de ce côté ; chaque jour elle achète
Des œufs frais et du miel qui, de sa blanche main
Pétris à l'unisson, se transforment soudain
En gâteaux excellents.

TOINETTE.
Vous dites vrai, messire,
Je m'y rends de ce pas ; mais pourriez-vous me dire

Comment de mes gâteaux vous savez la bonté,
Lorsque, je le sais bien, vous n'en avez goûté
Aucun de votre vie.

BELLEHUMEUR, *mignardant.*

Hélas ! ma toute belle,
Il est bien des douceurs qu'une rigueur cruelle,
Inexorable, force à regarder de loin !

TOINETTE.

Je ne vous comprends pas.

BELLEHUMEUR.

Je prendrai pour témoin
De ce que je vous dis cet amour sans limite
Que j'éprouve ! mon cœur à votre aspect palpite.
Pourtant avec dédain sans cesse mon amour
Par vous est repoussé ! Donnez-moi dans ce jour,
Dût elle m'accabler, une franche réponse.
Dois-je encore espérer ? faut-il que je renonce ?

TOINETTE.

Messire, laissez-là votre brûlante ardeur !

BELLEHUMEUR.

N'apaiserez-vous pas votre inflexible cœur ?
Je souffre, en ce moment, un bien cruel martyre !

TOINETTE.

Je possède un motif et m'en vais vous le dire.
Pour vous jeter ainsi, messire Bellehumeur,
Un refus si formel, ce motif est majeur :
Je ne puis pas répondre à votre vive flamme ;
L'apprenti Picolet a su toucher mon âme!...

BELLEHUMEUR, *surpris.*

Qui ? lui ! c'est un enfant !

TOINETTE,

Tout dévoué pour moi,
Et je l'en récompense en lui donnant ma foi.
Voilà bientôt deux ans que, par une nuit sombre,
Je m'étais attardée, et tout à coup, dans l'ombre
Un inconnu m'aborde... Oh! que j'eus voulu fuir !
Je ne le pus, la peur, me fit évanouir.
De cet homme j'allais devenir la victime...
Le Seigneur envoya, pour empêcher le crime,
Picolet à mon aide ; il me débarrassa
Des mains de ce bandit, et puis le terrassa.
Je me sentais mourir ; mais d'une main vaillante
Il me prit et soutint ma marche chancelante...
Me disant qu'il m'aimait... que voulez-vous de plus ?,
Je ne pus l'accabler par un cruel refus.

8.

Et c'est, messire, ainsi qu'il obtint la victoire.
Maintenant qu'en détail vous connaissez l'histoire,
Vous devez aisément comprendre qu'il n'est rien
Qui puisse me forcer à rompre un tel lien.

BELLEHUMEUR, *piqué*.

Que me fait tout cela? Picolet me déteste,
Et sur ce point pour lui je ne suis pas en reste;
C'est un rival aimé; prenez garde qu'un jour
Je m'abandonne enfin aux fureurs de l'amour!

TOINETTE.

Eh quoi! vous menacez un enfant?

BELLEHUMEUR.

Il me gêne,
Et sur lui tombera bientôt toute ma haine!
S'il était près de vous...

(Picolet est entré sur ce dernier vers.)

SCÈNE II.

LES MÊMES, PICOLET.

PICOLET.

Eh bien! que feriez-vous,
Messire Bellehumeur? Rien, soit dit entre nous.

Je suis enfant, c'est vrai, mais Paris m'a vu naître,
Et l'enfant de Lutèce est toujours votre maître !

TOINETTE.

Picolet !

PICOLET.

       Ah ! ma foi, c'est trop longtemps souffrir
En silence, et mon cœur, à la fin, veut s'ouvrir.
Voyons, réfléchissez, rentrez donc en vous-même :
Vous êtes étonné que ma Toinette m'aime,
Moi, Picolet, qui suis un vaurien, n'est-ce pas ?
Mais Picolet, toujours sur chacun de vos pas,
Picolet, fatigué de votre persistance
A déclarer un feu payé d'indifférence !
Comparons-nous un peu : je suis jeune et vous vieux.
Ma brune chevelure à tous vos blancs cheveux
Fait un immense tort. Vous êtes aussi triste
Que votre nom l'est peu ! Pour moi, rien ne m'attriste ;
Tout le long de la rive, où je pêche à loisir,
On m'entend célébrer l'amour et le plaisir !
Je chante parce que ma conscience est pure ;
La chose, quant à vous, est peut-être moins sûre !

BELLEHUMEUR, *fièrement*.

De quoi m'accusez-vous, messire Picolet ?

PICOLET.

De rien, mais vous savez : tel maître, tel valet !
Vous servez le prévôt, homme dur et sévère,
Et d'instinct, comme lui, vous m'avez su déplaire.
Il s'imagine encore en être à son printemps ;

(Il rit.)

Mais pour lui la jeunesse a fui depuis longtemps !
La peste soit des vieux ! N'a-t-il pas la folie
De faire le galant à l'entour de Marie,
La mercière du pont !

TOINETTE.

     Que m'apprenez-vous là ?

PICOLET.

L'exacte vérité.

TOINETTE.

     Je conçois peu cela.
Car ma chère maîtresse à peine a vingt années,
Et ne peut accepter ces amours surannées !

BELLEHUMEUR.

Quoi ! Toinette, c'est vous qui parlez sans respect
D'un homme qui devrait, rien qu'à son seul aspect,
Vous faire trembler tous !

PICOLET.

     Sans doute, il se fait craindre,
Mais il est détesté.

BELLEHUMEUR.

Personne de se plaindre
N'eut encor la pensée.

PICOLET.

Attendez donc un peu.
Il n'est rien de si traître ici-bas que le feu
Qui couve sous la cendre; on est par l'apparence
Trompé fort aisément, et puis, sans qu'on y pense,
Un beau jour il éclate et foudroie à l'instant
Celui qui s'endormait sur un brasier fumant !

BELLEHUMEUR, *courroucé.*

Craignez d'un bon cachot de devenir la proie !

PICOLET.

Cette crainte, mon cher, ne m'ôte pas ma joie ;
Bref, pour dernier avis, je vous le dis sans fard,
Prévenez le prévôt qu'il peut, toute autre part,
Porter ses froids aveux.

BELLEHUMEUR.

D'un semblable message
Je ne me charge pas.

PICOLET.

Mon avis est fort sage.

SCÈNE III.

LES MÊMES, PIED DE FER, qui a entendu les derniers mots.

PIED DE FER.

Assurément messire, et merci du conseil;
Puissé-je quelque jour vous donner le pareil!

TOINETTE, *bas à Picolet.*

Messire Pied de Fer ! Il écoutait sans doute !

PICOLET.

Que voulez-vous, enfant, que de lui je redoute ?

BELLEHUMEUR, *à part.*

Il a tout entendu ! je vais être vengé !

PICOLET, *à Toinette.*

Oui, tout dans cette affaire au mieux s'est arrangé.
S'il a tout entendu, parbleu, qu'il en profite,
Je lui sais trop d'esprit pour que cela l'irrite.

BELLEHUMEUR, *à Pied de Fer.*

Vous ne m'ordonnez pas de punir l'insolent?

PIED DE FER.

A quoi bon, Bellehumeur? L'injure qu'un enfant
Me jette en sa colère a sur moi peu de prise,
Je ne m'en fâche pas, non, mais je la méprise.

BELLEHUMEUR.

Ce changement en vous s'est bien vite opéré.

PIED DE FER, *avec abattement.*

Elle ne m'aime pas ; je suis désespéré !

PICOLET, *au fond, à Toinette.*

C'est comme je le dis ; autour de la boutique
J'ai vu certain galant, de mine sympathique,
Rôder nombre de fois, et dévorer des yeux
Ta charmante patronne ; il en est amoureux
Comme un fou, j'en réponds. Va donc à ta maîtresse
Annoncer la nouvelle, et sonde avec adresse
Les replis de son cœur ; s'il n'aime pas encor,
Mon protégé vaut bien le prévôt et son or.
Est-ce bien entendu, ravissante Toinette ?

TOINETTE.

Certes, vous en aurez dès demain l'âme nette,
Et j'ai l'espoir...

BELLEHUMEUR, *qui a écouté.*

Oui-da ! je sais ce qu'il me faut.
On profite toujours des gens qui parlent haut.

TOINETTE, *à Picolet.*

Mais on m'attend là-bas ; il faut que je vous quitte.

PICOLET.

Holà ! ma belle enfant, s'il vous plaît, pas si vite.

Avant que de partir, il me faut un baiser;
Rien qu'un simple baiser.

TOINETTE.

Je ne puis refuser.
Prenez donc, importun, et laissez-moi tranquille;
Sans vous, j'aurais déjà rejoint mon domicile.

PICOLET, *l'embrassant.*

Tenez, c'est bientôt fait; maintenant, quittons-nous;
Retourne sur le pont, moi, je m'en vais dessous.
Garde-moi pour tantôt, sur ta bouche si pure,
Un de ces doux baisers; d'une bonne friture
Je te régalerai. Vous ne m'en voulez pas,
Messire Pied de Fer?

BELLEHUMEUR, *à part.*

Bientôt tu te tairas,

Drôle!

(Picolet et Toinette sortent.)

SCÈNE IV.

LES MÊMES, MOINS TOINETTE ET PICOLET.

BELLEHUMEUR, *s'approchant du prévôt.*
Vous ne pouvez être aimé de la belle,
Maître; alors, vengez-vous de cette demoiselle!

PIED DE FER.

En effet, ce doit être un immense bonheur
De pouvoir accabler de honte et de douleur
L'être qui refusait de vous livrer son âme!
Aide-moi, Bellehumeur, à punir cette femme.

BELLEHUMEUR.

Je crois, sans me vanter, en avoir le moyen ;
Écoutez mes conseils, et tout marchera bien.
Mais il faut observer la plus grande prudence!
Et je crois que quelqu'un de ce côté s'avance.

PIED DE FER, *regardant vers le fond.*

Ce sont deux jeunes gens, pardieu !

BELLEHUMEUR, *à part.*

Probablement
L'un de ces jouvenceaux de Marie est l'amant.
(Haut.)
Tenons-nous à l'écart.

PIED DE FER.

Pourquoi tant de mystère ?

BELLEHUMEUR.

Je ne réponds qu'ainsi du succès de l'affaire.
Les voici ; cachons-nous derrière ce pilier,
Et sans relâche il faut tous deux les épier.

9

S'ils s'arrêtent céans, essayez de surprendre
Leur conversation,

PIED DE FER.

J'obéis sans comprendre ;
Mais tout cela me semble inutile.

BELLEHUMEUR.

Je dis
Que vous ne serez pas toujours du même avis.

(Ils se cachent.)

SCÈNE V.

LES MÊMES, cachés, FRANÇOIS, MAROT.

MAROT.

Prince, puis-je savoir où ce chemin nous mène ?

FRANÇOIS.

A la félicité !

MAROT, *grognant*.

Peste ! la bonne aubaine !
Et qui l'eût jamais cru ? Certes, ce n'est pas moi.
Soyez bien assuré, si jamais j'étais roi
Que je renverserais ruelles effondrées,
Cloaques repoussants, maisons mal aérées.

On aurait plutôt dit qu'on prenait de l'enfer
Le laid et long chemin; et maître Lucifer
Pourra longtemps encore attendre ma visite.

FRANÇOIS.

L'état de notre ville, autant que toi m'irrite;
Si le trône de France entre mes mains venait,
Sous un tout autre aspect Paris apparaîtrait.
Je suis ambitieux; je veux que dans l'histoire
Mon règne soit cité comme un siècle de gloire.
Si des lois de l'amour je subis le pouvoir,
J'ai d'autres passions; le monde pourra voir
Groupée autour de moi la noble galerie
De ces cœurs généreux dont le mâle génie
Éclairera mon peuple et sera l'ornement
Le plus beau de mon trône, où l'or, le diamant
Cesseront de briller. Enfants de l'Italie,
Poëtes et sculpteurs, quittez votre patrie,
Accourez à ma voix! Peintres, par vos pinceaux,
Faites vivre les murs de mes vastes châteaux!

MAROT.

Ce brillant avenir ne doit pas être un rêve...
En protégeant les arts un monarque s'élève;
Un État est plus fier, plus heureux et plus fort
Quand sur ses étendards on voit le double accord

Des œuvres du génie apportant la lumière
Aux palmes de la paix, aux lauriers de la guerre.

FRANÇOIS.

Bravo ! mon cher Marot ; comme moi, te voilà
Rempli de beaux projets ; mais nous en parlons là
En véritables fous. La couronne est loin d'être
En ma possession, et je ne dois paraître
Ici qu'un écolier !

MAROT.

Vous régnerez un jour,
Entouré, sur le trône, et de gloire et d'amour !
Ce peut être demain, car le temps marche vite ;
Il moissonne, en passant, aussi bien le mérite,
La tête couronnée ou le simple bourgeois !...
Notre roi (que Dieu garde !) est imprudent, je crois,
En menant, pour complaire à sa jeune compagne,
A son âge une vie où trop souvent on gagne
Plus tôt qu'on ne voudrait le moment où la mort
Se dresse devant nous ; tel peut être son sort !
Au sein des voluptés dont son âme s'enivre,
Au milieu de sa cour, il peut cesser de vivre.
Chaque âge a ses plaisirs, et celui qu'a le roi
Demande le repos, le calme, croyez-moi.

Mais, nous voilà bien loin du but de notre course ;
De la félicité je ne vois pas la source.

(Souriant.)

Est-ce un ruisseau charmant, dont les bords fortunés
Sont garnis de gazons ou de fruits parfumés ?

FRANÇOIS.

Non, c'est bien mieux encore !

MAROT.

                         Alors, comment est-elle ?
Serait-ce d'une fleur la merveille nouvelle ?
Ce n'est pas encor ça. Prince, je le vois bien,
Mes recherches ici n'aboutiront à rien.

FRANÇOIS.

Pourquoi donc épuiser ta verve satirique ?
Célèbre-la plutôt avec ton luth magique.

PIED DE FER, au fond, bas.

J'ai beau prêter l'oreille, épier leurs discours,
Je n'entends pas un mot.

BELLEHUMEUR, bas.

                         Restez, restez toujours !

FRANÇOIS.

Mon ami, tu verras une adorable femme ;
Elle tient magasin sur le pont Notre-Dame.

Son regard est si pur, si rempli de douceur,
Qu'on y lit aisément la bonté de son cœur.
Son esprit est brillant ; quoique simple ouvrière,
Elle a de l'élégance et la démarche fière ;
Et ce portrait, si beau qu'il soit en vérité,
N'approche pas encor de la réalité.

PIED DE FER, *à part ; il a entendu.*

Mais c'est de point en point l'image de Marie !
Voilà donc mon rival ! Enfer ! mort de ma vie !
Cours jusqu'au Châtelet, Bellehumeur, et reviens
Avec quelques archers ; cette fois je le tiens.

(Ils sortent.)

MAROT.

Le portrait, monseigneur, est charmant, ma parole !
Si toutefois l'amour d'une telle auréole
N'a pas environné cette enfant à vos yeux ;
Mais elle doit avoir une compagne ou deux
Qui fassent mon affaire?

FRANÇOIS.

         Oui, j'en connais bien une
Qui s'appelle Toinette, une superbe brune.
Elle est d'un apprenti le bien.

MAROT.

Morgué, tant pis !

Je déclare en ces lieux la guerre aux apprentis !

FRANÇOIS.

Allons, dépêchons-nous de voler auprès d'elle.

MAROT.

Prince, modérez-vous ! savez-vous si la belle
Est fille ou mariée ? Un mari, c'est gênant ;
Je dirai même plus, ça n'est pas endurant.

FRANÇOIS.

Elle n'a pas d'époux, ami, je te l'assure ;
De même que la Vierge elle est candide et pure.

MAROT.

On en peut craindre un autre, à défaut d'un époux :
De l'honneur d'une sœur un frère est fort jaloux.
Prince, convenez-en, la chose est fort possible ;
Trop de précaution ne peut être nuisible
Pour un futur monarque. Ai-je tort ou raison ?

FRANÇOIS.

Tes observations ne sont pas de saison.
Si nous trouvons quelqu'un qui nous barre la route,
N'avons-nous pas, mordieu ! pour le mettre en déroute,
L'un et l'autre une épée ? Ainsi permet la loi.

MAROT.

Le moyen est bien dur ; il faudrait, selon moi,
Préparer la rencontre.

FRANÇOIS.

Allons, fort bien, mon maître ;
Mais, voici sur le pont qu'elle vient de paraître,
Et vous me permettrez de l'aborder, Marot ;
Le hasard seul me sert, et vous êtes un sot.

(Il rit.)

MAROT, *à part.*

Parce que le hasard est le maître nous sommes
Des sots ! En ce cas-là je plains les pauvres hommes !

SCÈNE VI.

FRANÇOIS, MARIE, MAROT.

FRANÇOIS, *courant à Marie.*

Ma charmante Marie ! Enfin, il m'est permis
De vous voir, vous parler ; nous sommes réunis.

MARIE.

Messire, il est très-mal d'accoster au passage
Une fille inconnue et qui veut rester sage.

FRANÇOIS.

Vous vous fâchez, enfant ! ne froncez pas ainsi
Votre sourcil charmant, et venez par ici,
Près de moi, vous asseoir.

MAROT, *à part.*

Elle paraît rebelle...
Il est entreprenant et triomphera d'elle.

FRANÇOIS.

Puis, que dites-vous-là ? Vraiment il n'en est rien ;
Depuis longtemps déjà je vous connais fort bien.
Et cela vous surprend ? Mais, quand il fait nuit sombre,
Sous un porche voisin je me blottis dans l'ombre,
Muet, silencieux, au travail je vous vois ;
Avec quelle vigueur l'aiguille, sous vos doigts,
Accomplit son ouvrage : on dirait une fée !

MARIE.

Quoi ! par vous chaque soir je suis donc épiée ?

FRANÇOIS.

Je vous aime, Marie, et d'un amour ardent,
J'y pense nuit et jour, et c'est un vrai tourment,

MARIE.

Alors, pourquoi me voir ? avec soin on évite
La rencontre de ceux dont l'aspect nous irrite.

9.

FRANÇOIS.

Vous voir est, au contraire, un baume adoucissant !
Dans des rêves, parfois, un doux enchantement
Vous montre à mes regards, charmante, gracieuse ;
Vous êtes, pour me plaire, aimable, généreuse...
Mes cruelles douleurs disparaissent soudain...
Mais, le réveil, hélas ! les ramène au matin !
Si vous me permettiez, sur votre fraîche joue,
Où le lis virginal avec l'incarnat joue,
De prendre une églantine ?

MARIE, *elle rit.*

           Une églantine ! oh ! non.
Je ris de tout mon cœur de la comparaison,
Et pour continuer ladite métaphore,
Je vous dirai qu'à tort pour un autel de Flore
Vous prenez mon visage, et qu'il vaut mieux ailleurs
Composer un bouquet des plus suaves fleurs.

FRANÇOIS.

Méchante ! vous raillez ; pourtant en souveraine
Vous régnez sur mon cœur ; on vous nommera reine
Lorsque je serai roi.

MAROT, *bas à François.*

         Vous allez oublier...

MARIE.

Reine! ah! oui, je comprends; messire l'écolier,
De la basoche un jour vous serez le monarque.

MAROT, *même jeu.*

Rentrez dans le chemin que cette enfant vous marque,
Où craignez d'élever contre vous des soupçons.

FRANÇOIS, *même jeu.*

Mon cher Marot, gardez pour d'autres vos leçons.
A ma guise je veux conduire cette affaire...

(A Marie.)

Ainsi, vous acceptez, sans haine, sans colère,
L'aveu de mon amour?

MARIE.

Eh! de grâce, un instant!
Vous prétendez m'aimer; la chose assurément
Est flatteuse pour moi, mais avant de vous dire :
J'accepte votre amour, il me faudrait, messire,
Vous connaître un peu mieux.

FRANÇOIS.

Vous me désespérez
Par votre raillerie, et c'est vraiment assez!
Je me décide enfin...

MARIE.

A quoi donc?

MAROT, *à part*.

Par ma vie !
A te faire payer ta piquante ironie...
Imprudente souris, oses-tu bien sans peur
Jouer avec le chat ? Prends garde à sa douceur.
Sa patte de velours pour toi recouvre un piège ;
Ton innocence seule est là qui te protége !...
Eh ! mais, en vérité, Marot, tu t'attendris !...
Au diable la raison ! Des amours et des ris
Suivons les étendards...

FRANÇOIS.

Marie, en ta demeure
Peux-tu pour aujourd'hui m'accorder dans une heure
Un rendez-vous charmant ?...

MARIE.

Vous ne le pensez pas !
Vous recevoir chez moi !... Je m'en vais de ce pas
Près de la rue aux Ours, chez ma marraine Estelle.

FRANÇOIS.

Je comprends, chère enfant. Quand crois-tu de chez elle
Être ici de retour ?

MARIE.

Moi, messire, jamais !

FRANÇOIS.

Puisqu'il en est ainsi, près de toi je m'en vais
Chez ta marraine moi ; viens donc, partons ma mie,
De nous voir tous les deux elle sera ravie.

MARIE.

C'est sérieusement que vous parlez ?

FRANÇOIS.

Parbleu !

MARIE, *à Marot.*

Monsieur son camarade, aidez-moi donc un peu
A m'esquiver d'ici ?

MAROT.

Ma douleur est amère...
J'ai juré de rester neutre dans cette affaire !

MARIE, *à François.*

Tout me manque à la fois !... Eh bien ! soit, vous aurez
Dans une heure, aujourd'hui, ce que vous désirez !...
Je ne résiste plus... me livrant tout entière...
Messire, à votre honneur !

MAROT, *à part.*

Oui, comptez-y, ma chère !

FRANÇOIS.

Sur l'heure, ces deux mots ici vont me guérir.

MARIE.

Enfin, il m'est permis, je pense, de partir !

(Elle s'enfuit.)

SCÈNE VII.

FRANÇOIS, MAROT, PIED DE FER, BELLEHUMEUR.

BELLEHUMEUR, *avec des archers.*

Je craignais leur départ, et j'ai fait diligence.
Ils sont encor céans, à nous donc la vengeance !
Tout n'est pas rose et lis dans l'état de voleurs,
Vous le verrez bientôt, hardis larrons de cœurs.
Et nous vous valons bien, tout vieillards que nous sommes.

(Aux archers.)

Vous autres, cachez-vous ; regardez ces deux hommes ;
Au signal du prévôt qu'ici vous recevrez,
Comme deux malfaiteurs vous les arrêterez.
D'aujourd'hui, mon gaillard, va commencer la lutte ;
Je crains que votre pied au premier pas ne butte.
Vous avez tous les dons qu'on possède au printemps,
Et nous, l'expérience acquise avec le temps.
On possède sur vous le puissant avantage
D'envisager la chose en homme froid et sage.

Comme le pot de fer, le prévôt brisera
Le faible pot de terre, et bien s'en moquera.

(Il frappe à la maison ; Pied de Fer en sort furtivement.)

PIED DE FER, *bas à Bellehumeur.*

Les archers sont-ils là ?

BELLEHUMEUR, *bas.*

Placés tous à leur poste !

PIED DE FER, *bas.*

Le traître a vu Mario, et sans honte il l'accoste.
Ils se sont longuement entretenus ; vraiment,
Mario, à l'écouter, avait l'air souriant !
Oh ! que cet entretien j'eusse aimé le connaître.
Mais Mario aurait fui, me voyant apparaître !
L'enfant de ma douleur semble avoir fait un jeu !
Non contente d'avoir repoussé mon aveu,
Un méchant écolier, de chétive naissance,
De la perfide obtient sur moi la préférence !
Voici donc le moment où cela va finir.
Quelques jours de cachot le feront réfléchir.

FRANÇOIS, *à Marot.*

Puisqu'avant son retour une heure encor nous reste,
Il faut en profiter pour nous rendre...

PIED DE FER, *s'avançant.*

Où, du reste,

Mes galants écoliers, vous ne vous doutez pas!

(Aux archers.)

Au petit Châtelet menez-les de ce pas!...

MAROT.

Eh! morbleu, c'est à nous que le drôle s'adresse!
Je m'en vais le punir de tant de hardiesse.

PIED DE FER, *aux archers.*

J'ai dit; obéissez!

FRANÇOIS, *repoussant les archers.*

Un instant, s'il vous plaît!
Vous avez dit...? Fort bien; je serais satisfait
De demander aussi quel motif vous amène,
Et pourquoi vous voulez d'ici qu'on nous emmène.

BELLEHUMEUR, *à part.*

Il réplique, je crois; ces écoliers vraiment
Tout comme un gentilhomme ont le ton insolent!
De tant de vanité je me permets de rire.

PIED DE FER, *à François.*

J'agis comme je veux, et n'ai rien à te dire;
Je ne dois compte enfin qu'au Parlement, au roi,
Entends-tu, mon garçon? Dépêchons, et tais-toi.

MAROT.

Le cuistre! il a dit: toi!

FRANÇOIS.

Sire prévôt, en France
Deux hommes seulement s'adjugent la licence
De me parler ainsi ; ces deux hommes, ce sont :
Le premier, d'Orléans, mon père! et le second
C'est notre souverain, du peuple c'est le père,
C'est Louis Douze, mon oncle !

PIED DE FER, *à part.*

Oh ! la vilaine affaire!
Le comte d'Angoulême ! est-ce avoir du guignon
De se voir sur les bras un rival de ce nom !
(Haut.)
Monseigneur ! Pardonnez...

FRANÇOIS.

Il suffit. J'aime à croire
Qu'une méprise seule est cause de l'histoire.
Mais ne confondez plus ainsi, dans vos exploits,
Les princes, les manants...

PIED DE FER.

On se trompe parfois !...

FRANÇOIS.

Plus un mot, s'il vous plaît. Gardez bien la mémoire
De ce jour qui n'est pas, prévôt, à votre gloire !

Viens-tu, mon cher Marot ? Je ris de fort bon cœur
De son air consterné. Regarde...

(Il rit.)

PIED DE FER.

Monseigneur,

Jamais je ne pourrai.

BELLEHUMEUR, *écartant les archers.*

Voyons donc ! faites place !...

Tâchez de vous ranger quand Son Altesse passe !

(François et Marot sortent.)

SCÈNE VIII.

PIED DE FER, BELLEHUMEUR, PICOLET.

BELLEHUMEUR, *à part.*

Le maître ne peut pas arriver à ses fins.
Je n'en suis pas plus fier, et tous ces muscadins,
Tournant autour de nous comme des chiens de garde,
Me font blêmir d'effroi lorsque je les regarde.

PIED DE FER, *assis.*

Le comte d'Angoulême ! un prince mon rival !
Ce qui vient d'arriver me deviendra fatal.
Je vois donc s'envoler mes rêves d'espérance ;
Il me faut dévorer mon amère souffrance...

Mes bras sont enchaînés, et plus rien désormais
Ne peut les empêcher de s'aimer à jamais !
Semblable à ce lion qui d'une folle flamme
Se vit un jour épris des charmes d'une femme,
Et, dans sa passion, se fit étourdiment
Dépouiller comme un sot, je suis là, blasphémant,
Sans pouvoir me venger de cette affreuse injure ;
Vainement je rugis en sondant ma blessure !

BELLEHUMEUR.

Ne trouverait-il pas cent femmes à la cour
Qui mériteraient mieux, par leur rang, son amour ?
Non, il veut déroger et prendre notre place ;
Mordieu ! ce fier galant me déplaît et me lasse.

PIED DE FER, tristement.

Mon pauvre Bellehumeur, après ce rude assaut,
Il faut être prudent et ne pas dire un mot.
Nos amours semblaient fuir à notre moindre approche,
Il fallait qu'il y eût quelque anguille sous roche.

BELLEHUMEUR, on entend un cri.

Mais, n'entendez-vous pas ? quel est ce cri ? je crois
Que c'est de Picolet la sympathique voix.

PICOLET, à la cantonnade.

Messire ! ah ! Jésus Dieu !

BELLEHUMEUR.

Ce cri vient de la rive...
Peut-être que sur l'eau quelque accident arrive !...

PICOLET, *à l'escalier*.

Messire le prévôt, j'accours en ce moment
Vous parler sans retard d'un fait fort important.

PIED DE FER.

Je ne peux t'écouter.

PICOLET.

Faut-il que je vous dise
Qu'il s'agit d'un malheur ?

BELLEHUMEUR, *à part*.

Encor quelque bêtise !

PIED DE FER.

Va-t'en, mauvais sujet !

PICOLET.

Gamin, mauvais sujet,
Brigand, si vous voulez ! d'un pareil sobriquet
Je ne prends nul ombrage ; écoutez-moi bien vite :
Quand le fait est urgent faut-il donc qu'on hésite ?

PIED DE FER.

Eh bien ! parle ; surtout sois bref.

PICOLET.

C'est bien. Voilà :

J'étais tranquillement en train de pêcher là,
Sous une arche du pont, tout à coup, sur ma tête
Une pierre bondit; je jure et je tempête,
Pensant qu'un compagnon m'avait joué ce tour ;
Tout meurtri, je me lève et regarde à l'entour...
J'eus beau chercher partout, je n'aperçus personne.
Je reprends mes filets, bien que cela m'étonne...
Deux minutes après, nouveau coup sur le nez,
Je relève la tête, et je vois... devinez ?
Une énorme crevasse au milieu des charpentes ;
Des bois tout vermoulus et des poutres croulantes.
La crevasse semblait grandir à tout moment
Et me dire : « Allons donc ! pars de suite, imprudent !
« Il n'est ma foi que temps ! » D'un pas agile et leste
J'ai suivi le conseil sans demander mon reste ;
Trop heureux d'avoir pu vous rencontrer à point ;
Avec semblable chose on ne badine point.

PIED DE FER, *à Bellehumeur.*

Gagné par le sommeil, il aura pris un rêve
Pour la réalité.

PICOLET.

Faut-il donc qu'il s'achève

Pour vous persuader ? Ah ! messire prévôt,
Vous raillez mes avis sans en croire un seul mot...

PIED DE FER.

Franchement, mon ami, comment veux-tu qu'on pense
Qu'un pont qui compte à peine un siècle d'existence,
Solidement construit, s'écroule tout à coup ?
Non, mon cher Picolet, je ne suis pas si fou.

PICOLET.

A votre aise ; pourtant, avant que je vous quitte,
Recevez cet avis, tâchez qu'il vous profite :
Le travail a pour moi peu d'attraits, j'en conviens,
Mais je vois travailler ; quelquefois je retiens
De bonnes notions, et dans une heure à peine
Je vous dis que le pont croulera dans la Seine !
Si l'on n'y prend pas garde on verra s'effondrer
Cette œuvre merveilleuse. On ne peut rencontrer
De travail si parfait dans aucune contrée ;
De splendides maisons une double rangée
Le borde, l'embellit et fait croire à celui
Qui traverse que l'eau ne fut jamais sous lui.
Détournons nos regards de l'œuvre du génie ;
L'écroulement du pont met en danger la vie
De trois cents habitants !... Allons ! il faut agir,
Ne pas perdre un instant, se remuer, courir...

Décidez-vous enfin !...

PIED DE FER, *à part.*

En gardant pour moi-même
Ce terrible secret en ce moment suprême,
Je puis anéantir un rival détesté,
Par qui je me suis vu durement molesté
Il n'y a qu'un instant. L'idée est riche et bonne !...

(A Picolet.)

Mon ami, je te crois ; aussi, jamais personne
Ne me fera douter de toi, de tes avis,
Et je vais réparer le mal que j'ai commis.

(A Bellehumeur.)

Bellehumeur, les archers ont-ils fait leur retraite ?

BELLEHUMEUR, *bas.*

Pas encore, mon cher maître.

PIED DE FER, *bas.*

Alors, la chose est faite.

(Il lui donne un ordre.)

BELLEHUMEUR, *bas.*

Comment ! vous exigez... ?

PIED DE FER, *bas.*

Sans doute, je le veux !

PICOLET.

Alors que, grâce à vous, le sort des malheureux

Ne m'inquiète plus, je cours chez la mercière
Prévenir ma Toinette, elle seule m'est chère !

(Au moment où il se retourne pour s'en aller, Bellehumeur
et les archers le saisissent et le bâillonnent.)

PIED DE FER.

Arrêtez ce faiseur de contes à dormir,
Et que cette leçon lui serve à l'avenir !
Que dans mon grand cellier de suite on le retienne,
Et qu'à fuir, aujourd'hui, le drôle ne parvienne.

BELLEHUMEUR.

Cette arrestation, en vérité, me plaît.
Si, d'un côté, le comte à mon maître soustrait
La gentille mercière, à ma barbe Toinette
Par ce rusé gamin se fait conter fleurette.

(Il sort avec Picolet et les archers.)

SCÈNE IX.

PIED DE FER, puis MARIE, BELLEHUMEUR, PICOLET,
FRANÇOIS, MAROT, TOINETTE.

PIED DE FER, *seul.*

Tremblez, comte François ; si par un tendre amour
Vous êtes aveuglé, la vengeance, en ce jour,
S'est faite mon esclave. Une première attente
Me valut un échec ; la revanche éclatante

Que je vais prendre ici me dédommagera.
Attendons les effets de ce qui vengera
Ma honteuse défaite ! Et si pourtant Marie
Consentait à ce que mon sort au sien s'allie,
Faible comme le sont les hommes amoureux,
J'éteindrais ma colère et je vivrais heureux !
Justement la voici !... Mon enfant, je désire
Vous parler un instant.

MARIE, sur le premier degré du pont.

Je regrette, messire,
De vous le refuser. Mon temps est précieux,
Je n'en ai pas à perdre.

PIED DE FER.

Eh ! vous ne pouvez mieux
L'employer qu'en restant. Au nom de ceux sur terre
Que vous aimez le plus, venez ici, ma chère ;
Donnez-moi votre main, dites que vous serez
Mon épouse bientôt, et ce mot, vous verrez,
Fera bien des heureux !

MARIE, gravissant une marche.

Je vous ai fait comprendre
Déjà sur ce sujet qu'il ne pouvait dépendre
De moi de vous aimer. Depuis cet entretien
Mon cœur n'a pas changé d'avis, croyez-le bien,

10

Si c'est le seul motif qui vous fit tout à l'heure
M'arrêter en chemin, souffrez qu'à ma demoure
Je retourne au plus tôt.

       (Elle disparaît, François et Marot s'avancent et la suivent.)

      PIED DE FER, *apercevant le comte.*

                Elle l'a vu venir !

Va donc la retrouver, pour ensemble périr !
Qu'un effet du hasard entre nous deux prononce;
Et puisqu'à son amour il faut que je renonce,
Que m'importe le reste ! accours donc à ma voix,
Satan ! mon allié ! Pour toi, comte François,
Ne te vante pas trop de ta mince victoire,
Tu vas, près de Marie, achever ton histoire.
Chacun de ses baisers sont comme autant de jours
Qui s'envolent de toi, la mort suit tes amours...
Mais tous ces malheureux, innocentes victimes,
Vont-ils aussi périr ? Que de meurtres, de crimes!...
Eh bien ! non, cent fois non, et quand, pour ma vengeance,
Je devrais de Paris engloutir l'existence,
Je n'hésiterais pas ! De la pitié ; pourquoi ?
La perfide Marie en a-t-elle eu pour moi ?
Non, pas de lâcheté ! poursuivons notre tâche,
Et que rien de mon cœur en ces lieux ne l'arrache !

      (On entend un craquement. Cris d'effroi dans la coulisse.)

D'ailleurs, il est trop tard, et le démon du mal
Accomplit maintenant son ouvrage infernal.

(Les craquements redoublent, la foule accourt.)

Enfin, je suis vengé !

(François et Marie paraissent au milieu des débris.)

FRANÇOIS.

Braves gens, je vous prie
De mettre tout en œuvre, et qu'avant tout Marie
Par vos mains soit sauvée !

BELLEHUMEUR, *à part.*

A la voix ils sont sourds ;
Le courant est rapide ; ils tiennent à leurs jours !

MARIE.

Mais mourir avec vous n'est-ce pas une joie ?
Mieux vaut, certes, périr que de se voir la proie
Du prévôt Pied de Fer.

PICOLET, *apparaissant dans une barque.*

Encor quelques instants,
Et tous deux sur la berge arriveront vivants !

PIED DE FER, *terrifié.*

Je ne me trompe pas ! l'apprenti ! qu'est-ce à dire ?
Et m'aurait-on trahi ?

(François et Marie descendent dans la barque.)

PICOLET, *ramant toujours.*

         Ma présence, messire,
Vous surprend, j'en suis sûr; c'est votre faute aussi,
Si, contre votre gré, vous me voyez ici.
Dans votre grand cellier il ne fallait pas mettre
De larges soupiraux qui pussent me permettre
De m'évader sans bruit, aussi facilement
Qu'une mince souris ferait d'un trou béant,
Et de venir en aide à ceux que le silence
Que fort traîtreusement vous gardiez, sans défense
Condamnait à la mort. (A la foule) Je l'avais prévenu !
Dans les eaux jetez-le; sus à lui, camarades !
Qu'un juste châtiment termine ses bravades !

LA FOULE.

Dans le fleuve, le traître !

FRANÇOIS.

         Arrêtez, mes amis !
Ne craignez pourtant rien; il faut qu'on le punisse ;
Mais ce soin, dans ce cas, regarde la justice.
Archers, saisissez-le ! (Les archers s'emparent du prévôt.)

BELLEHUMEUR.

         Qui donc eût deviné
Que par eux le prévôt se verrait emmené !

(La toile baisse.)

LA MORT DE FRÉDÉGONDE.

MORCEAU DRAMATIQUE.

10.

LA MORT DE FRÉDEGONDE.

MORCEAU DRAMATIQUE.

———

On était dans l'hiver; sous son manteau de givre,
La nature semblait avoir cessé de vivre.
On entendait siffler les violents aquilons,
Dont le souffle puissant en épais tourbillons
Faisait voler la neige !... Une lugubre scène,
Qu'un soleil nébuleux éclairait avec peine,
Se passait lentement dans ce palais romain
(Les Thermes) élevé par l'empereur Julien.
A la faible clarté des lueurs fugitives,
Dans une vaste salle aux colonnes massives,
On voyait une femme !... un spectre bien plutôt,
Pâle et les yeux hagards !... la mort allait bientôt
S'emparer de ce corps !... Sur une peau de bête,
Ses membres amaigris reposaient, et sa tête

S'inclinait tristement sur de riches coussins
Où l'or et la dentelle étalaient leurs dessins.
Cette femme, c'était la reine Frédégonde,
Dont les crimes avaient épouvanté le monde !
« Mourir, murmurait-elle, ah! je ne le veux pas !
« Pour mon enfant je dois triompher du trépas !
« Il est trop jeune encor pour gouverner lui-même ;
« Le laisser sur le trône à ce moment suprême,
« C'est ôter aux Français le repos bienfaisant
« Que j'ai su leur donner. Guérissons !... mais comment ?

. . . .

Sa pensée un instant erra comme indécise...
Sa résolution fut pourtant bientôt prise.
D'une main défaillante elle prit un sifflet,
En tira quelques sons. A ce bruit, un valet
A la porte parut. « Qu'on aille, dit la reine,
« Me quérir sur-le-champ, et qu'ici l'on amène
« Le saint prélat de Tours. » Appelé sans retard,
On vit bientôt venir au palais le vieillard.
Sa blanche chevelure ornait sa noble face ;
Tout respirait en lui l'indulgence et la grâce,
Et rien qu'à son aspect on se sentait ému ;
D'un élan spontané chacun se voyait mû

Vers le digne prélat. Il examina celle
Qui l'avait fait souffrir, et puis, s'approchant d'elle,
Il lui dit d'un ton grave et sonore à la fois :

. . . .

« Vous m'avez appelé, j'accours à votre voix
« Reine ; que voulez-vous ?

FRÉDÉGONDE.

                         « Évêque, à la prière,
« Dieu rend la vie à ceux pour qui l'heure dernière
« Semblait être venue et... j'ai peur de mourir!
« Prie, évêque, pour moi ; je dois, je veux guérir !

L'ÉVÊQUE.

« Le Sei..... il est vrai, dans sa toute-puissance,
« A .... ppliante, a rendu l'existence
« ....ques malheureux; mais s'il veut votre mort,
« Rien ne saurait ici conjurer votre sort.

FRÉDÉGONDE.

« Prélat ! je n'aime pas qu'on me résiste, prie !

L'ÉVÊQUE.

« Il ne m'est pas donné de vous sauver la vie !

FRÉDÉGONDE.

« C'en est trop à la fin! Ton orgueil insolent
« Va recevoir sous peu son juste châtiment. »

. . . .

A genoux, le vieillard tomba sans nulle plainte !
Il attendait la mort avec calme et sans crainte.

. . . .

La reine méditait un supplice inhumain...

. . . .

La résignation de l'évêque, soudain,
Suspendit son courroux. « C'était de la démence,
« Reprit-elle, et je sens de mon corps l'existence
« S'enfuir à tout jamais !... Puisqu'il faut renoncer
« A l'espérance, à toi je vais me confesser.
« Pourtant... Dieu ne peut pas me pardonner mes crimes.
« Je vois autour de moi le sang de mes victimes
« Qui demande vengeance !

L'ÉVÊQUE.

                 « A tout vrai repentir
« Dieu pardonne toujours, vous pourrez le fléchir. »

. . . .

Frédégonde un instant recueillit ses pensées ;
Puis ainsi raconta ses actions passées :

. . . .

« Mon sang n'est pas royal, » dit-elle avec effort !

L'ÉVÊQUE.

« L'indigent et le riche, au moment de la mort,
« Sont égaux devant Dieu.

FRÉDÉGONDE.

« J'étais ambitieuse;

« Et je ne me trouvai complétement heureuse

« Que lorsqu'on me plaça comme fille d'honneur

« Près de la reine. Alors le roi me vit, son cœur

« Aussitôt s'enflamma. — Si je perdais la reine,

« M'assura-t-il un jour, tu serais souveraine !

« — Le soir, il était veuf !... Évêque, tu frémis ;

« Un crime cependant ne s'était pas commis.

« La reine d'un enfant avait doté la France...

« Au moment du baptême, on reconnut l'absence

« De celle qui servait de marraine à l'enfant,

« Et que j'avais gagnée. — Au divin sacrement,

« Conseillai-je à la reine, il faudrait vous-même être

« La marraine qui manque à votre fils ! — Le prêtre,

« Que dans mes intérêts j'avais su mettre aussi,

« Ne fit pas remarquer qu'en agissant ainsi

« La reine annulait tout, royauté, mariage.

« Je courus rendre au roi compte de mon ouvrage.

« Il divorça !... Mon cœur de gloire se berçait !...

« Un mois après, le traître à sa cour annonçait

« Sa prochaine union avec une autre femme,

« La princesse Golswinthe !... Aussitôt, dans mon âme,

« Je jurai de punir l'indigne souverain

« Dont j'étais le jouet; de sorte qu'un matin,

« Lorsque l'on pénétra chez la jeune princesse,

« On la trouva sans vie!... O jour plein d'allégresse !

« J'étais reine de France !... On voulut la venger :

« Sigebert dans Tournai vint pour nous assiéger;

« Nous étions les moins forts. A la seule pensée

« D'une horrible défaite et d'être terrassée

« Par ce frère qu'un meurtre aurait probablement

« Pour moi fait implacable, un frisson déchirant

« Me parcourut le corps. Il fallait donc que j'use,

« Pour préserver mes jours, et d'adresse et de ruse :

. . . .

« Dans ma troupe existaient deux hommes au cœur fier...

« Je remis à chacun un poignard dont le fer

« Recélait un poison. En faisant la blessure,

« Il versait dans le sang une mort prompte et sûre !...

. . . .

« Bientôt mes ennemis s'éloignaient, emportant

« De leur monarque mort le cadavre sanglant !...

. . . .

« ... Brunehaut à son tour, redoutable adversaire,

« Tomba dans ma puissance; un fidèle émissaire

« A Rouen le conduisit; et là, dans un couvent,
« Sans pitié, chaque jour on la frappait, disant :
« — Frédégonde le veut!... A sa mort, Andovère
« Avait laissé trois fils... il aurait pu se faire
« Qu'au détriment des miens ils prissent le pouvoir...
« Ils moururent tous trois!... En arrivant au soir
« De la chasse, le roi, qui, par mon imprudence,
« Connaissait mon amour pour Landry, sans défense
« Contre mes envoyés postés sur son chemin,
« Sans bruit reçut la mort!... Aussi, le lendemain
« Je respirais à l'aise et me trouvais régente !
« La France était à moi, je la rendis brillante!...

. . . . ? . . . .

« L'évêque Prétentat, aux pieds du saint autel,
« D'un de mes serviteurs reçut le coup mortel...

. . . .

« ... Gontran, mon protecteur, et le roi d'Austrasie
« Allaient aussi mourir; ils ne durent la vie
« Qu'à l'inhabileté des hommes que mon bras
« Vers eux avait conduits... Le Seigneur ne peut pas
« Me pardonner, je crois; ma vie est trop coupable ! »
Dit-elle avec un air de doute inexprimable.
L'Évêque répondit :

11

« Écoutez ce que Dieu

« Ordonne par ma bouche; il vous faut dire adieu

« A tout ce vain pouvoir!... Couchez-vous sur la cendre;

« Pour mériter le ciel, il faut bien bas descendre !

« Que toute votre cour en cet appartement

« Vienne se réunir. On doit être présent

« A votre repentir, comme on fut de vos crimes

« Les témoins effrayés; à ce prix, vos victimes

« Se tairont devant Dieu. »

                La reine s'inclina

Devant l'arrêt du prêtre, et puis elle ordonna

Qu'on fit entrer sa cour.

                « Pardonnez-moi, » dit-elle

A ceux qui l'entouraient, «j'étais jadis cruelle!...

« On devait me haïr, mon cœur le reconnaît...

« Votre main, mes amis!... Prêtre, es-tu satisfait?... »

. . . .

A ces mots tout son corps s'affaissa; la mourante

Fit un signe de croix... une larme brûlante

Sillonna son visage... un soupir douloureux

S'échappa de son sein!... son âme était aux cieux,

Absoute par l'évêque... Il bénit cette femme ;

Et puis s'agenouillant :

                « Mes frères, je réclame

« Vos prières, dit-il, priez tous le Seigneur
« Que pour la reine il daigne adoucir sa rigueur ! »

. . . .

On regarda longtemps sa lèvre inanimée
Qui ne respirait plus !... Enfin, cette journée,
Sombre dès son aurore et sombre à son déclin,
Se grava dans l'esprit comme aux traits du burin.

LA MER.

POEME EN QUATRE PARTIES.

LA MER.

POEME EN QUATRE PARTIES.

INTÉRIEUR D'UN NAVIRE MARCHAND.

Un jour, me promenant à travers les vaisseaux,
Suzerains de la mer et fiers dompteurs des eaux,
J'aperçus un vieillard qui, d'un regard avide,
Contemplait un trois-mâts qu'on nommait *le Splendide*.
Ce nom, en lettres d'or, se voyait sur l'avant
En relief, au milieu d'un écusson brillant.
La riche cargaison qu'on tirait de sa cale
S'étalait sur le quai (du fin coton en balle).
La bouche du vieillard par moment s'entr'ouvrait...
J'écoutai, non sans peur de paraître indiscret :
« Que cet intérieur, disait-il d'un air triste,
« Doit être curieux ! Depuis longtemps j'existe,

« Et n'ai jamais pu voir le plus petit bateau ;

« Cependant, on m'a dit que rien n'était plus beau ! »

Alors moi, l'abordant : « Ce serait grand dommage »

Hasardai-je, « monsieur, d'être sur le rivage,

« Si près de ce trois-mâts qui paraît merveilleux,

« Sans l'aller visiter. Montons-y tous les deux ? »

« — En vérité, monsieur, la chose se peut-elle ?

« — Parbleu ! certainement ; gravissez cette échelle

« Attachée à ses flancs. — Je n'oserai jamais !

« — Allons donc ! du courage ! Entrons dans ce palais.

« — Non, les ans ont rendu ma marche chancelante !...

« La corde peut casser !... Cette échelle est tremblante !

« — Poltron ! dis-je en riant, donnez-moi votre main !

« Un, deux ! vous y voilà ! — C'est un rude chemin ! »

. . . .

C'est grand, c'est magnifique ; on dirait une ville,

Et l'on y voit mêlé l'agréable à l'utile.

C'est ici le plancher des braves matelots

Qui n'ont souvent qu'un lit arrosé par les flots !

Du pont la propreté nous frappa de surprise ;

Chaque chose en sa place avec soin était mise.

Nous étant dirigés d'abord vers le salon :

« On se croirait, ma foi, me dit mon compagnon,

« Au faubourg Saint-Germain ! Regardez ces tentures
« D'un rose satiné. Contemplez ces peintures,
« Ces chefs-d'œuvre de l'art dus aux meilleurs pinceaux
« Qui font, de tous côtés, l'ornement des paneaux. »
A l'heure des repas, un élégant service
Sur la table, au milieu du robuste édifice,
S'élève et se garnit d'une foule de mets,
Qui réjouiraient fort le plus fin des gourmets.
Une ouverture au pont, recouverte d'un verre,
Y laisse pénétrer une douce lumière.
La porte de la chambre où vit le commandant
Fut ouverte par nous ; c'est petit, mais charmant.
On y voit des tableaux, des journaux, des équerres ;
Des règles, des compas, instruments nécessaires,
En ordre sont placés. Des armes aux parois
Font une panoplie auprès du porte-voix.
Des cartes... ajoutez une table, une chaise,
Et vous pourrez juger si l'on est bien à l'aise.
Le lit n'en est pas un, c'est plutôt un tiroir,
Et le dieu du sommeil s'enfuit rien qu'à le voir !...
Messieurs les passagers ont le double avantage
D'être moins grandement, de loger deux par cage ;
Deux lits superposés !... Malheur à l'imprudent
Occupant le plus haut ! Il se peut qu'en dormant,

                                    11.

Un fort coup de roulis, d'une vive manière,
Ne le fasse sauter de son lit jusqu'à terre!...
Puis après, de l'office on nous fit admirer
L'arrangement coquet; on pourrait s'y mirer,
Tant sont propres, luisants, les divers ustensiles
Suspendus au plafond, comme étant trop fragiles
Pour ne pas se briser dans le cadencement
Que, même par le calme, éprouve un bâtiment...
Maître coq, dans son antre où le cuivre étincelle,
Nous fit don d'un gâteau de miel et de cannelle,
Qu'il sortit de son four tout brillant de charbon ;
Ce gâteau, fait à bord, était parbleu fort bon!
Les pois, les choux, le lard, que le roulis balance,
Aux câbles attachés, formaient comme une danse.
On croirait voir partout du désordre. Eh bien ! non.
Chaque chose a sa place, et chaque objet son nom.
L'alambic fonctionne auprès d'une cantine,
Pour rendre l'eau de mer potable, j'imagine...
L'entre-pont nous montra les lits des matelots.
C'est comme un corps de garde au beau milieu des eaux,
Moins les armes pourtant ; ici, ce sont des toiles
Dont le tissu de lin forme de fortes voiles.
Mais ce qui fait horreur, c'est la cale où le jour
Ne pénètre jamais. On met tout à l'entour,

Les caisses, les biscuits, les colis, les cordages,
Du galet pour lester, des voiles, les bagages
Dont tous les passagers se munissent en mer,
La cale est effrayante et ressemble à l'enfer...
Le frisson nous saisit !... des filets et des rames
Embarrassaient le sol,.. enfin, nous remontâmes
Pour respirer l'air pur. Mon pauvre compagnon,
Qui se croyait mourant, pensait à l'Achéron !
En revoyant les cieux, il reprit la parole
Pour se féliciter !... Sur le pont, la boussole
Dans sa prison de verre attira nos regards.
Du gouvernail la roue, et les débris épars
D'avirons tout rompus durant un long voyage,
Amusèrent beaucoup mon bon vieillard ; je gage
Qu'il eût fait volontiers une course avec moi,
Sans crainte des autans ; tout le charmait, ma foi !
« Quel est, demanda-t-il, cet objet qu'une chaîne
« Retient près des sabords ?—C'est une ancre. Avec peine
« On la ramène à bord, en l'arrachant des flots,
« Tant son poids est immense ; et tous les matelots
« S'unissent pour jeter à la mer cette masse,
« Qui fixe le navire où l'on veut prendre place... »
Un terre-neuve noir, au regard doux et fin,
Suivait nos mouvements, nous montrait le chemin.

Il avait nom Rubis ! Rubis, dès son jeune âge,
Etait du bâtiment l'habitant le plus sage.
Cent fois, nous apprit-on, il s'élança du bord,
Nageant, pour arracher des mousses à la mort,
Quand les vents déchaînés, tyrans de la fortune,
Les jetaient dans les flots, du pont ou de la hune.
Rubis est le sauveur, l'ami des matelots.
Il partage leurs bœufs, leurs biscuits et leurs rôts,
Les jours de grande fête !... Il est friand, mais sobre...
Un larcin, à ses yeux, ne serait qu'un opprobre ;
Avec tous il plaisante, il est de belle humeur,
Et porte l'équipage en masse dans son cœur.
Il est d'un grand respect pour le chef de cuisine...
Qui le gâte souvent ; il a si fraîche mine,
Que chacun l'aime à bord... Un tout jeune chat gris,
Ennemi sans quartier des rats et des souris
Qui peuplent tous les coins et recoins d'un navire,
Folâtrait près de lui ; mais Rubis semblait dire :
« Tout beau, monsieur le chat ! place à moi, s'il vous plaît !
« Irais-je m'amuser avec vous, mon minet ? »

    .   .   .   .

Tel qu'un noble guerrier tenant au poing sa lance,
Le beaupré fièrement de la poupe s'élance,

Et pourfendant les airs, il prépare à l'avant
Une route écumeuse où se brise le vent.
Les heures s'écoulaient ; car à bord tout enchaîne.
Nous étions appuyés près du mât de misaine,
Admirant du grand mât les hunes ; faible abri
Où s'arrête le mousse aux dangers aguerri.
Puis le mât d'artimon, plus petit que ses frères ;
Tout nous sembla charmant. Pourtant, que de misères,
Que de privations pour ces pauvres marins !
Ils n'ont pas de repos!... Cependant les chagrins
Ne les atteignent pas ; riant de la tempête,
Leur patrie est la mer, et rien ne les arrête.
Sur la vague qui monte ils passent d'heureux jours,
Insouciants et forts, la mer est leurs amours.

. . . .

« Eh bien! dis-je au vieillard, cette arche sans pareille
« Ne vous fait-elle pas l'effet d'une merveille ?
« — Merci, répondit-il, de m'avoir amené !
« *Le Splendide* est vraiment on ne peut mieux nommé ! »

. . . .

Pour ne plus nous revoir dans ce monde sans doute,
De nos logis, chacun, nous reprîmes la route.

CALME ET TEMPÊTE.

Quel spectacle à la mer pourrait se comparer,
Quand le flot sur ses bords se prend à murmurer ?
Quel bruit plus imposant peut arriver à l'âme
Que celui du galet qui roule sous la lame ?
On dirait que la foudre au loin gronde et mugit...
Il n'en est rien pourtant ; l'astre roi resplendit !
Sur les flots le coup d'œil est unique, splendide.
Que d'animation sur la plaine liquide !
C'est un panorama dont les vastes tableaux,
Toujours renouvelés, sont de plus en plus beaux.
Ici, c'est un esquif qu'une brise légère,
Soufflant dans sa voilure, éloigne de la terre ;
C'est un pêcheur qui va déployer ses filets.
Espérons que pour lui se prendront dans ses rêts
Bon nombre de poissons !... Au lointain se détache
Un superbe vapeur, déroulant son panache ;
Ainsi que sur le sol, la charrue, en passant,
Creuse un large sillon, sa roue, en mouvement,
Laisse sur son passage un long ruban d'écume,
Plus blanc que la vapeur de son tuyau qui fume.

A l'horizon brumeux on aperçoit un point...
Il s'avance !... Il grandit ! notre vapeur l'a joint.

.   .   .   .

Un orgueilleux trois-mâts, venant du nouveau monde,
Fendant avec fierté la surface de l'onde
Toutes voiles dehors, hissant son pavillon,
S'approche gravement avec son bataillon
De matelots chantant dans les vergues. L'absence,
Ses douleurs, ses chagrins s'effacent. L'espérance
Ranime tous les cœurs, et des refrains d'amour,
Répétés mille fois, célèbrent le retour ;
Et, pour ces voyageurs fuit d'une aile légère
Le triste souvenir de la rive étrangère.
Chacun va retrouver ceux qu'il laissa jadis,
Et la mère qui pleure embrassera son fils !

.   .   .   .

Debout sur le tillac, le capitaine ordonne
D'annoncer le retour... Soudain le canon tonne...
C'est le salut du bord. On envahit le pont,
Et du port le canon à ce salut répond.

.   .   .   .

Mais le spectacle change. En place de la brise,
C'est un vent furieux qui renverse et qui brise !

L'horizon s'obscurcit, et le ciel est moins pur ;
De lourds nuages noirs se glissent dans l'azur.
Le désordre est partout ; les vagues irritées
S'élèvent en creusant de profondes vallées.
Malheur en ce moment au navire assailli
Par les flots en fureur !... Un éclair a jailli !...
Le tonnerre, en grondant, ébranle l'atmosphère...

. . . .

Ses agrès dispersés, le vaisseau qui naguère
Semblait avoir dompté le perfide élément,
Des eaux devient la proie et le jouet du vent !
Sans forces pour lutter, sur des récifs il touche...
Un immense cri part, poussé par chaque bouche !...
A la mer les canots sont bientôt descendus ;
Un flot de voyageurs haletants, éperdus,
Sans ordre et sans raison s'y précipite en foule.
Jetés loin du navire, entraînés par la houle,
Les bateaux trop chargés qu'on ne dirige pas,
Faute de gouvernail de voiles et de mâts,
S'en vont au gré des flots, soulevés par la lame
Qu'en vain voudraient calmer les efforts de la rame.
A l'horizon lointain ne se montre aucun port ;
On ne voit que le ciel, l'immensité, la mort !...

Perdant'alors l'espoir, chacun s'incline et prie.....
Quand soudain apparaît une voile bénie!
Tout devient un signal, mais hélas! doute affreux!
Entendra-t·on la voix, l'appel des malheureux?
Ils attendent tremblants; aucun d'eux ne respire,
Suivant les mouvements du bienheureux navire...
Il approche! ô bonheur! On vient à leur secours!
Ils reverront la terre, ils vivront de longs jours !

. . . .

Les vents se sont calmés, et la vague houleuse
Ne bondit plus des flancs d'une mer orageuse.
Il est là! le voici ce vaisseau leur sauveur!...
Gravissant les sabords, bénissant le Seigneur,
Ils sont tous sur le pont. La tempête s'apaise,
Et bientôt à leurs yeux se montre la falaise
Qu'ils ne croyaient plus voir. Ils s'éloignent du bord
Dans un large canot qui les conduit au port.
Tous vont dévotement remercier Marie
Qui pendant le naufrage a préservé leur vie!

PROMENADE EN MER. — COUCHER DU SOLEIL.

On était dans l'automne, et pourtant le soleil
Éclatait en rayons tout d'or et de vermeil;
La mer était unie; une brise légère
De son souffle semblait caresser l'atmosphère!...

. . . .

Pour notre promenade on avait préparé
Un canot, qu'à la tour on voyait amarré;
Non pas une gondole à l'instar de Venise,
Mais bien un lourd bateau, sans dorure ni frise.
Au centre étaient des seaux, des lignes, un filet;
Que sais-je! du pêcheur un attirail complet.
A l'heure convenue on descend près du phare
Jusqu'au bateau pêcheur. L'un se place à la barre,
Et d'autres ont bientôt les avirons en main.
On donne le signal, et nous partons enfin.

. . . .

Le gouvernail aidant, sous l'effort de nos rames,
Du port rapidement tous nous nous éloignâmes.
Mais c'était pour pêcher que nous étions venus.
Du désir d'arrêter nos mousses prévenus

Autour d'une bouée enroulèront un câble.
Qu'est-ce qu'une bouée ? une chose adorable ;
Je vais vous l'expliquer : une borne de fer
Se dandinant sans cesse au milieu de la mer ,
Servant d'indicateur sur la perfide plaine ;
Sa base se termine en une longue chaîne,
Qu'aux rochers sous-marins que montre le reflux
On rive avec effort. Les vaisseaux vermoulus
Qui viendront la heurter feraient triste visage,
Elle annonce un écueil et sur les eaux surnage,
Son centre étant creusé. Sans travail et toujours
Elle monte ou descend, suivant des flots le cours ;
Et tout ce qui la touche, en la changeant de place,
La force à parcourir toujours le même espace.
Reprenons le récit. Chacun jeta dans l'eau
Son instrument de pêche, et, comme le râteau
De la roulette à Bade à tous les tours qu'il passe
Ramène un monceau d'or, on vit à la surface,
Regorgeant de poissons, le filet se gonfler
Comme un aérostat, et les lignes ployer.
On remplit tous les seaux du produit de la pêche ;
Puis on chanta, ma foi ! la soirée était fraîche ;
Le temps s'écoulait vite, et l'on se trouvait là,
Que Phébus, loin de nous, disparaissait déjà.

. . . .

Qu'un coucher de soleil est chose magnifique !
C'est fabuleux vraiment, idéal, fantastique !
Cette boule de feu n'ayant plus de rayon,
D'une teinte rougeâtre embrase l'horizon.
Il semblait qu'à nos yeux d'un immense incendie
Se déroulait au loin la triste tragédie !
Le ciel était de pourpre, et le flot écumant
Semblait se transformer en un miroir ardent !...

. . . .

Ce tableau merveilleux fut de courte durée,
Et l'ombre s'étendit sous la voûte azurée.
Bientôt sur les hauteurs brillèrent les fanaux,
Guidant pendant la nuit la marche des vaisseaux,
Comme a dit le poëte exilé de nos grèves :
« C'est toi que le pêcheur aperçoit dans ses rêves
« Quand la vague mugit ! Chandelier du Seigneur,
« Des marins en danger deviens le protecteur ! »

. . . .

Les diamants du ciel, aux lueurs vacillantes,
Se reflétaient dans l'eau, flammes étincelantes !...
Le calme a remplacé le bruit perpétuel ;
Tout est silencieux ; on pense à l'Éternel !

. . . .

Un oiseau fend les airs ! La mouette au blanc corsage
Seule se fait entendre aux abords du rivage,
Tantôt se balançant sur le sommet des mâts,
Egayant le tableau par ses joyeux ébats,
Tantôt rasant les flots qui recèlent sa proie ;
Elle jette en passant son petit cri de joie
Pour nous dire bonsoir, et disparaît enfin,
Se frayant dans l'espace un rapide chemin.
Lors, doucement bercés, dans le port nous rentrâmes,
La gaîté dans l'esprit et la paix dans nos âmes,
Sans avoir ressenti les affreuses douleurs
Qu'un voyage sur mer inflige aux faibles cœurs !...

INCENDIE EN MER.

La terre a disparu. Toujours grave et sévère,
La voix de l'Océan, rivale du tonnerre,
Gronde au loin, et pourtant la vague qui gémit
Ne monte pas aux cieux ; glissant sur le granit
Et les récifs cachés, elle arrive écumeuse,
Transparente au regard, noble et majestueuse.
Il fait nuit; tout est sombre et le ciel orageux
Semble un long rideau noir qui s'abat sur les yeux.

A peine aperçoit-on la clarté froide et terne,
Pareille au feu follet, de l'unique lanterne
Qu'à l'avant d'un navire on place chaque nuit.
Voyez de ce trois-mâts l'ombre immense qui fuit!
Tout est tranquille à bord ; les passagers sommeillent,
Confiant leurs destins aux matelots qui veillent.

. . . .

Tout à coup une voix interrompt ce repos !...
Au feu ! dit-elle, au feu ! Par ces sinistres mots
Lancés comme l'éclair, volant de bouche en bouche,
La terreur est semée !... on bondit sur sa couche,
Et courant à la cale, on est saisi d'horreur
En voyant un brasier qui lance avec fureur
De longs serpents de feu ! Le plus affreux tumulte
Eclate sur le pont ; le désordre en résulte ;
Le capitaine ordonne... on ne l'écoute pas !
Les uns, tremblants, muets à l'aspect du trépas,
A leurs places cloués, paraissent des statues.
Les autres égarés, les forces abattues,
Comme atteints de vertige errent de tous côtés,
Troublant l'air de leurs cris, par l'effroi révoltés.
Cette scène est horrible !... A la hâte on apporte
Des instruments divers ; et toute la cohorte

Des mousses courageux commence le travail
Pour éteindre le feu. Debout au gouvernail,
Le commandant envoie au milieu de la flamme
Les braves loups de mer, vrais enfants de la lame,
Qui narguent les dangers, meurent stoïquement,
Sublimes et naïfs, même en leur dévouement.

. . . .

L'eau jaillit, et bientôt la cale est inondée,
Et malgré ces torrents, la flamme alimentée,
Sans relâche poursuit son ouvrage infernal.
Le canon retentit! c'est d'alarme un signal.
A la voix de l'airain, à cet appel suprême,
Nul écho ne répond! le péril est extrême.....

. . . .

Soudain, une secousse ébranle le vaisseau...
Elle déchire l'air et fait bouillonner l'eau...
Le feu dévastateur vient d'atteindre la poudre...
Rien n'égale ce bruit, c'est bien pis que la foudre.
Le cratère s'entr'ouvre, il éclate, il rugit!...
Des colonnes de feu de cet antro maudit
Montent en tournoyant vers le ciel qui s'éclaire
De jets éblouissants! Vainement on espère
Echapper à la mort, dont la lugubre voix
Appelle sans pitié ceux dont elle a fait choix.

Alors on aperçoit à travers la fumée
Mille horribles débris formant une nuée!

. . . .

Le navire a sauté! Pendant quelques instants
Se font entendre encore les bruits terrifiants
Des restes mutilés qui retombent dans l'onde.
Et le navire enfin disparaît de ce monde!
Puis, pareil au génie envoyé de l'enfer,
Le noir cormoran vient s'abattre sur la mer.

. . . .

Les bruits se sont éteints; la vague s'est fermée
Sur sa proie engloutie. Au loin fuit la fumée.
Le silence est le même et le ciel aussi noir.
On croit que dans un rêve on vient d'apercevoir
Tous les actes sanglants du drame maritime...

. . . .

. . . .

Quand l'aurore, au matin, de ses feux illumine
La grève aride, on voit des bois tout calcinés,
Des voiles en lambeaux, des corps inanimés,
Epaves que le flot rejette aux autres hommes,
Pour nous montrer à tous, hélas! ce que nous sommes.

L'AURORE.

12

L'AURORE.

Une faible clarté, précurseur de l'aurore,
Envahit l'horizon. Des coteaux elle dore.
Le tranquille sommet, tandis qu'un voile épais
Couvre encore, au vallon, les prés et les guérets.

. . . .

Au sommet où les cieux colorent la montagne,
Un murmure confus règne dans la campagne.
C'est le ruisseau qui coule au bord des champs fleuris ;
C'est la plante qui pousse en maints rameaux unis ;
C'est l'oiseau qui s'agite et qu'un autre menace ;
C'est le grain de millet que l'insecte ramasse ;
C'est tout et ce n'est rien. Cependant, on entend
Ces accents sans échos, mais que le cœur comprend.
L'air est plein de senteurs, et tout dans la nature
Se ravive et revêt sa plus belle parure.

. . . .

Un vent capricieux courant sur les gazons,
Dans les épis jaunis, sur le toit des maisons,
Dit à tous : C'est le jour ! sortez de vos chaumières,
Regardez, admirez le ciel et ses lumières !
C'est le jour ! il se montre, et vos yeux éblouis
N'oseront pas fixer ces trésors inouïs !

. . . .

Des nuages brillants, aux contours pleins de grâce,
Se croisent sans obstacle et nagent dans l'espace !
Esclaves du zéphir qui les élève encor,
Ils voltigent légers, en suivant son essor.
L'aurore a de ses pleurs saturé l'atmosphère,
Et cette humidité qui rafraîchit la terre
Descend sur chaque fleur, qui s'éveille soudain ;
A sa caresse aimée, elles ouvrent leur sein,
Exhalant des parfums qu'inonde la rosée,
Et qu'embellit encor cette goutte perlée.
La pervenche jolie, aux pétales d'azur,
S'épanouit modeste au fond d'un bois obscur,
Et la fraise odorante attend sous le feuillage
Qu'un rayon la mûrisse en lui rendant hommage.
L'alouette et ses chants montent jusques aux cieux...
C'est l'ivresse et l'amour, accents délicieux,

Sans méthode et sans art, gazouillés sous les hêtres,
Et que voudrait signer la main des plus grands maîtres.

. . . .

De son aile irisée, au tissu transparent,
Le papillon caresse un églantier charmant ;
Le coq dit fièrement sa chanson qui réveille.
Le villageois actif, reposé de la veille,
S'élance hors de sa couche ; il appelle ses fils,
Joyeux enfants qu'il aime et qui lui sont soumis.
L'un va de ses agneaux entr'ouvrir la barrière,
L'autre court à l'étable où la vache laitière
Fournit le déjeuner de la famille. Après
Aux champs ils s'en vont tous, sans murmurer jamais.
Chacun a sur la lèvre un gai refrain de fête,
N'ayant qu'un vêtement léger, car la toilette
Au village est bannie ; ils laissent le bercail
Pour s'occuper aux champs d'un incessant travail.

. . . .

Et sous le toit de chaume, on voit la bonne mère
A son plus jeune enfant qui dort sur la fougère,
Prodiguer ses baisers. Le nourrisson chéri
De ses deux petits bras l'entoure. Il a souri
Le *baby* rose et frais ! Oh ! comme elle est heureuse
D'entendre à son réveil sa voix harmonieuse

12.

Balbutier : « Je t'aime ! » — Elle l'embrasse encor !...
Son fils pour une mère est le plus cher trésor.
Il est son talisman, son orgueil, sa parure...
Pour lui les beaux atours, et pour elle la bure !...

. . . .

A la hâte elle passe un simple et court jupon,
Et pour charmer l'enfant lui dit une chanson.

. . . .

L'heure s'écoule, il faut s'occuper du ménage,
Préparer les repas, aller vendre au village
Les légumes, les œufs, le lait, les fruits, les fleurs,
Et porter à l'époux, aux grands fils, aux faneurs,
A l'heure de midi le dîner qui ranime.
C'est l'instant du repos, où l'on jase et badine.
Mais bientôt au travail on les voit retourner,
Et la faucille en main vaillamment moissonner.

. . . .

Tout à coup on entend la cloche matinale,
Envoyer dans les airs, de sa voix virginale,
L'hymne et les chants d'amour qu'on offre au Créateur.
C'est l'Angelus qui sonne et chacun dit en chœur ;
En se signant au front, la prière divine,
Qui monte jusqu'au ciel, franchissant la colline,

Où brillent les rayons d'un soleil radieux.
Tout s'anime au village, et les accents joyeux
Des bergers, des faucheurs et de l'enfant qui danse,
Semblent dire : « Voyez ! la paix et l'innocence
« Nous suivent en tous lieux ; dans nos simples chalets,
« Aux champs ou dans les bois qu'embaument les genêts ! »

. . . .

Sur les halliers fleuris, au milieu du feuillage,
Les voix de mille oiseaux, comme un candide hommage,
Forment un gai concert que répète l'écho ;
Tout célèbre l'éclat de l'astre le plus beau.

. . . .

Plus un nuage aux cieux alors ne se découvre ;
Tout vit et tout respire !... Enfin, l'orient s'ouvre !

. . . .

Le soleil, lampe d'or, au dôme universel,
Vient éclairer le monde, encensant l'Eternel !

. . . .

LE BERGER LODYCIS.

FABLE ALLÉGORIQUE.

LE BERGER LODYCIS.

FABLE ALLÉGORIQUE.

Lodycis conduisait ses nombreuses brebis ;
Ses soins les défendaient de la dent meurtrière
    De leurs farouches ennemis ;
Et le troupeau, goûtant une paix salutaire,
Bénissait les vertus de ce bon Lodycis.
Le plus doux des bergers était plutôt un père.
    Mais, par malheur, des moutons beaux esprits
Troublèrent le repos de cet heureux empire,
En distillant, d'abord, le fiel de la satire,
Et, plus lâches encor, le poison du mépris !
Bientôt, calomniant dans leur jalouse rage,
Et le cœur et les lois du sage Lodycis,
    Ils tinrent un jour ce langage
    A leurs compagnes les brebis.

. . . .

« C'est trop longtemps souffrir un esclavage impie !

« C'est trop longtemps traîner une honteuse vie !

« De quel droit Lodycis, trahissant son devoir,

« Exerce-t-il sur nous un coupable pouvoir?

« Quelle main lui remit nos tristes destinées ?

« Est-ce à lui de fixer le cours de nos années,

« A régler notre instinct, à contraindre nos goûts,

« A gêner sans pudeur nos penchants les plus doux?

« La nature, en plaçant chaque être sur la terre,

« Les créa pour s'aimer, les rendit tous égaux ;

« Défendit d'avilir ce sacré caractère,

« Et voua les tyrans au glaive des bourreaux.

« Osez de vos destins ennoblir la carière,

« En frères, en amis, pour vous nous combattons !

« Tremble, tyran, c'est ton heure dernière !

« Le hasard seul nous fit, toi berger, nous moutons.

« Eh quoi! souffrirez-vous, enfants de la nature,

« Qu'il impose toujours son joug trop odieux!

« La liberté ! c'est un présent des dieux ;

« Méritons leurs bienfaits, et vengeons notre injure ! »

. . . .

A ces mots les moutons s'élancent en fureur,
Lodycis leur oppose en vain son innocence.

Il succombe ! et son âme auprès du Créateur,
Pour les moutons encore implorait l'indulgence.

. . . .

  Le berger mort, le désordre est partout.
Le troupeau se disperse, il se bat, se déteste ;
Pour achever enfin cette image funeste,
    Chaque mouton devint un loup !

. . . .

Alors, à l'horizon, un aigle magnifique,
Le plus fier qu'on eût vu jamais dans l'univers,
Se montra, déployant son aile symbolique ;
Et planant au-dessus de l'empire pervers,
Vint lui donner des lois et sauva la patrie,
Qu'il fit riche et brillante en lui rendant l'honneur ;
On admira les plans de son vaste génie,
Qui répandit partout la gloire et le bonheur.

———

13

LE CRÉPUSCULE.

LE CRÉPUSCULE.

Dans un éther de pourpre a disparu des cieux
L'astre brillant du jour, aux rayons lumineux.
A l'occident on voit les teintes enivrantes
Entourant le soleil, en flammes transparentes.
Avec égalité, dispensant ses faveurs,
Aux mondes éloignés adorant ses splendeurs,
Il porte sa clarté qui pour nous se dérobe,
Et s'en va réjouir les autres points du globe.

. . . .

Les voiles de la nuit, manteau noir parsemé
De constellations d'un éclat argenté,
Se déroulent aux cieux, assombrissent la terre ;
Partout l'ombre répand un vaporeux mystère.
Le crépuscule au soir a des parfums d'amour
Qui ne se trouvent pas au milieu d'un beau jour ;
Les airs semblent remplis d'une senteur plus douce ;
Les yeux sont reposés, et, sur un lit de mousse,

Au pied de quelque chêne on voudrait s'endormir.
Tout est calme et tranquille; on ne peut définir
Le sentiment pieux qui s'empare de l'âme
Quand arrive le soir. C'est une sainte flamme
Qui donne du bonheur, du plaisir, du repos,
Et qui sait tout calmer, les chagrins et les maux.

. . . .

A l'heure où de la nuit on voit descendre l'ombre,
Quand le soleil a fui, qu'une douce pénombre
Rappelle au rossignol qu'alors il doit chanter,
C'est sous l'aubier fleuri qu'il aime à s'abriter ;
Et la lune au front pâle, en sortant d'un nuage,
Doit croire que ses chants sont pour lui rendre hommage;
Seul, il charme l'écho des accents de sa voix.
Le pinçon, la fauvette apportent dans le bois
Le butin qu'ils ont su dérober à la plaine.
Des épis oubliés ils donnent chaque graine
Aux oisillons couchés dans leurs nids de duvet,
Suspendus à la branche et la fleur d'un bosquet
Où ne vient pas le jour. . . . .
. . . . Au centre du village,
Qu'entoure un frais rideau d'arbres et de feuillage,
Près du ruisseau qui filtre à travers un rocher,
D'une église gothique apparaît le clocher.

En des temps reculés fut bâti l'édifice
Où, le jour du repos, on vient ouïr l'office.
On n'y trouverait pas de marbre, de trésor,
Pas d'ornements mondains, pas de soie et pas d'or ;
Mais c'est là que l'enfant, dans les bras de sa mère,
Apprend à bégayer la divine prière
Qui monte doucement jusqu'au trône de Dieu,
Et se mêle à l'encens de l'autel du saint lieu.
Les murs, tout dégradés par le temps et la foudre,
Captivent les regards. On ne peut se résoudre
A les abandonner, tout séduit : les arceaux
Où le lierre en grimpant attache ses rameaux ;
La fleur du violier qui sans culture pousse
Entre la pierre aiguë et la touffe de mousse.
Puis, la baie en ogive et l'antique portail
Sculpté de main hardie, admirable travail.
De la reine des nuits un blond rayon qui passe,
En traversant les airs, montre d'une rosace
Les vitraux mutilés, mais brillants de couleurs,
Représentant des saints, des anges et des fleurs.
Une croix en fer plein, belle quoique rouillée,
S'élève sur un porche entouré de feuillée ;
Et près de cette église est un buisson charmant
De bruyère aux bouquets de corail éclatant.

Sur le seuil arrêté, le curé du village
Au sourire indulgent, au bienveillant visage,
Va dire la prière; on sonne l'Angelus.
Le.
Le moissonneur, ses fils, de leurs champs accourus
A l'appel de la cloche, en passant près du prêtre,
Otent avec respect leur coiffure champêtre.
« Allez, mes bons amis, leur dit le saint vieillard,
« Pour bénir le Seigneur il n'est jamais trop tard. »

Les blés sont tous coupés; de gerbes réunies
En faisceaux jaune d'or des meules sont bâties.
La faucille à la main, les outils sur le dos,
Les villageois s'en vont se livrer au repos.
Les grains ne craignent rien; la tâche est terminée.
Le père heureux retourne à sa chaumière aimée.
Malgré l'obscurité, bientôt il aperçoit
De son chaste logis l'humble et modeste toit.
C'est là qu'est le bonheur, c'est là qu'est la famille!

Sur ses traits fatigués la sérénité brille;
Ses enfants, qui toujours sont de joyeuse humeur,
Entourent de leurs soins leur père, le faucheur.

Au foyer, le sarment qu'étreint une courroie,
Brise et tord son lien, éclate en feu de joie.
Puis, l'ami des enfants, le vieux Milord, le chien
S'empresse en gambadant ; ce fidèle gardien
Chaque nuit court partout, à travers la campagne,
Protégeant les brebis, lorsque de la montagne
Les loups osent descendre, espérant marauder.
Ils tremblent à sa voix et fuient sans rôder
Près de la bergerie. . . . .
. . . . Au milieu de la salle,
Une table rustique à tous les yeux étale
Le souper préparé par les habiles mains
De l'active fermière, aux attraits frais et fins.
Tous s'asseyent auprès d'une large bouteille,
Arrosant le repas du doux jus de la treille.
La paix est sous ce toit. La vie est belle ainsi,
Sans remords du passé, sans crainte et sans souci.

. . . .

Le coq, seul souverain au milieu des cabanes,
En vainqueur orgueilleux, suivi de ses sultanes,
Entre dans son harem, qui n'a pour tout divan
Que des bâtons noueux ; mais, fier comme Artaban,
Le sultan emplumé, glissant son aile altière,
Bat le sol qui frémit, ne s'inquiétant guère

11

Des renards qui pourraient venir faire leur cour
Aux hôtes innocents ornant la basse-cour.

. . . .

On n'entend que le bruit de l'eau d'une fontaine
Qui coule sous l'abri des grands bras d'un vieux chêne.
La vache est à l'étable, et tout en ruminant,
Sur sa litière enfin nonchalamment s'étend.

. . . .

Ainsi passent les jours ! ne hantez pas les villes,
Paisibles habitants de ces hameaux tranquilles !
Tout est pur sous le chaume et vous vivez en paix :
La vertu n'est qu'aux champs; dans les cités, jamais !

FIN.

Paris. — Typographie HENNUYER ET FILS, rue du Boulevard, 7.